GASSMAN
legge
DANTE

GASSMAN LEGGE DANTE

Sceneggiatura per il racconto di un viaggio

P.P.M. EDB

L'antologia dei canti della DIVINA COMMEDIA è tratta dall'edizione nazionale della Società Dantesca Italiana a cura di Giorgio Petrocchi.

Una produzione
P.P.M. - Roma / OLIMPO '84 / DILETTA D'ANDREA

Con Vittorio Gassman
Regia: Rubino Rubini

La fotografia di copertina è di Diletta D'Andrea

La sceneggiatura è stata elaborata da Marco Alotto sulla base dei materiali girati nel corso della realizzazione del programma.

Codice 98124

Edizione articolata in tre videocassette e un volume, opera indivisibile

Impaginazione, MD Laboratorio Grafico, Bologna

Stampa: Grafiche Dehoniane, Bologna, 1996

UN'AUTO

(Un'auto sfreccia sull'autostrada, interno auto: al volante Vittorio Gassman, vicino a lui sul sedile anteriore, nessuno, ma a guardare meglio si può vedere un piccolo registratore a cassette)

VITTORIO *(a voce alta)* Uno due tre prova, uno due tre prova, Divina Commedia prova.

Nel mezzo del cammin di nostra vita
Mi ritrovai per una selva oscura,
ché la diritta via era smarrita...

Quando viaggio mi piace parlare... parlare a voce alta, raccontare storie, recitare, "dire" versi.

La Divina Commedia deve essere "detta" cercando di renderla chiara per quanto si possa rendere chiara una materia così aspra e complessa senza eccedere, perché anche se possiamo definire la Commedia un testo teatrale, è un teatro metaforico, indiretto, rientra nel grande movimento della rima, della forma della terzina che va rispettata obbedendo alla forma originale, rispettando la punteggiatura, i respiri, la musica.

Come l'opera o la musica, Dante si può cantare e ricantare, sentire e risentire: metterselo nelle orecchie.

Nelle mie letture dantesche ho viaggiato, come Dante, scendendo e salendo, andando in su verso il monte del Purgatorio, verso le stelle, ma anche scendendo in quella specie di imbuto rovesciato che è l'architettura tipica del percorso.

***

SANT'AGATA FELTRIA

(L'auto di Gassman è arrivata sulla piazza principale di un piccolo paese delle Alpi della luna; accanto al Municipio il Teatro Angelo Mariani, un gioiellino settecentesco)

RUBINO *(Rubino Rubini, regista di documentari e grande estimatore di poesia)* Ciao Vittorio!

VITTORIO Oh Rubino, come va? Eh questa piazza, questo Teatro, quanti ricordi, ma quanti anni fa? Mah! Il tempo è bizzarro... spesso si dimenticano le cose importanti, che ti hanno segnato... *(sono arrivati alla porta del teatro, entrano)* già, quaranta canti, quaranta canti della Divina Commedia...

RUBINO Dieci ore di trasmissione, tecnologie di ripresa sofisticate...

VITTORIO Va be', lasciamo stare le cose tecniche e parliamo di cose serie, Dante, la Commedia Divina. Abbiamo cominciato proprio qui, in questo teatrino rimasto intatto, come due secoli fa.

RUBINO Sì, e poi la Piazza Nuova di Bagnacavallo, uno spazio metafisico, la campagna romana di San Gregorio da Sassola, la vecchia sede dell'ACEA a Roma..

VITTORIO E l'Olimpico di Sabbioneta, il Teatro comunale di Narni, il Vascello di Roma.

RUBINO Una Divina Commedia con un taglio teatrale.

(Hanno varcato la soglia del teatro. Davanti a loro la piccola platea senza sedie, il palcoscenico polveroso tutto intatto, i velluti lisi, qualche lampada all'acetilene, i fondali consunti dal tempo)

CAMERINO DEL TEATRO MARIANI

(Specchio con fila di lampadine intorno, il grande attore è davanti allo specchio, si guarda e ripassa la parte)

VITTORIO Chiunque intraprenda questo lungo viaggio di letture dantesche si sente modificato, qualcosa gli succede dentro; è un esercizio che mette a nudo alcuni aspetti di quella parte del nostro "iceberg interno" che è sommerso, che non conosciamo e che può provocare gravi guasti.

Quando leggo la Divina Commedia cerco di non fare troppe variazioni nel piccolo, di evitare gli effetti dei singoli elementi ma di rispettare una certa solennità globale dei canti, degli episodi, delle terzine, e per farlo devo passare attraverso tutti i gradi dell'emozione umana, come il terrore fisico, la paura... io ho paura, paura, capisci... Dante ha continuamente paura...

***

TEATRO MARIANI
Interno sera

(Nel piccolo foyer sono riunite un centinaio di persone, pochi eletti che hanno avuto il privilegio di essere invitati alla conferenza-spettacolo di Vittorio Gassman.
Atmosfera calda ed elettrizzata, il pubblico prende posto sugli sgabelli settecenteschi disposti in platea e in alcuni palchetti, sala buia)

VITTORIO Non sono qui per farvi una relazione accademica, ma solo per dirvi due parole su Dante, sul modo di dire Dante, e questo luogo mi sembra il più adatto.

Un teatro-contenitore, che renda l'ambiguità creativa che è il fascino maggiore di tutte le arti ed in particolar modo della Divina Commedia.

In Dante c'è grande teatro, l'appellativo di "Commedia"non è certo casuale.

È teatro, teatro di un ordine particolare: ci sono tutti i colori insieme e ci sono gli opposti che tentano di conciliarsi combattendo, il conflitto che è uno dei modi di esprimersi del teatro.

Sermonti definisce alcuni canti "Gran teatraccio del mondo" e Fergusson nel suo *Un'idea di teatro* cita Dante in continuazione.

Purtroppo, e per fortuna, nella Commedia c'è una ricchezza di antinomie espressive. È quindi fatale che tutti gli interpreti (mi dispiaccio per loro) riescano a capirne nel migliore dei casi solo alcuni settori a seconda del loro carattere, delle loro tendenze: il loro stesso spirito di fronte allo spirito del poema dantesco.

Come per un testo teatrale, che letto fa un'impressione e rappresentato con un tramite critico diventa più chiaro, i personaggi s'incarnano, diventano più vivi.

***

FLASH BACK
1992 PORTO DI GENOVA
La nave *Pequod* di Renzo Piano

(Nello spettacolo Ulisse e la Balena bianca Gassman è il capitano Achab. È sul ponte del Pequod chinato a terra, stanco, sudato, la camicia a brandelli)

VITTORIO **... quando**
Mi diparti' da Circe, che sottrasse
Me più d'un anno là presso a Gaeta...

***

TEATRO MARIANI

VITTORIO Dante rappresenta tutto: l'uomo nelle sue cose esplicite, nei suoi misteri, l'universo conosciuto e quello che verrà e che non ci sarà mai, insomma un grande poeta realista, che ti dà la possibilità di agire almeno in tre campi.

La logica: la collocazione storica, l'apollineo.

Le emozioni: c'è quasi un abuso di emozioni, come in Shakespeare.

L'estetica: la parte estetica, le sensazioni fisiche, il caldo, il freddo, il vento.

Io venni in loco d'ogni luce muto dove c'è una traslazione, per dare l'idea di un luogo scuro si usa un termine di natura auditiva: muto di luce.

***

INTERNO AUTO

VITTORIO Quando leggo i canti in pubblico cerco di non teatralizzarli troppo, mi tengo in una fascia intermedia, do spazio all'irrompere delle emozioni personificate che è tipica del teatro e di certi personaggi.

Cerco anche di non intimizzarlo eccessivamente, perché la Divina Commedia è un poema rotondo.

Rispetto la forma e rispetto il ritmo. Ho scelto la versione di Pedrocchi che è quella più accreditata.

L'endecasillabo è un verso che Dante ha usato alle più alte vette, un verso straordinariamente italiano; tutti gli italiani ogni giorno, anche senza saperlo, ne fanno a centinaia. È un verso che si applica proprio alla struttura della lingua italiana.

***

FLASH BACK

VENT'ANNI PRIMA

Bottega teatrale di Firenze

(Vittorio è al centro di un grande spazio. Un palcoscenico sullo stesso livello della platea, dove invece ci sono una trentina di ragazzi sui vent'anni)

VITTORIO Cos'è un endecasillabo?

(si alza un ragazzo)

RAGAZZO Un verso con dodici sillabe.

VITTORIO No, non è esatto.

RAGAZZO 2 È un verso ... *(fa dei gesti con le mani, la faccia si contorce nel tentativo di dare una spiegazione)*

VITTORIO L'endecasillabo è un verso il cui ultimo accento tonico cade sulla decima sillaba. Allora se il verso finisce con una parola tronca, le sillabe sono dieci, se è sdrucciola sono dodici, e se è piana sono undici, e si sa che l'italiano è la lingua per antonomasia ricca di parole piane, quindi...

I RAGAZZI *(in coro)* La Divina Commedia è un poema italiano.

***

TEATRO MARIANI

VITTORIO Alcuni dicono che Dante va letto nel silenzio della propria cameretta, non è vero, non è vero. L'abitudine di dire Dante è radicata negli attori. Ad esempio già nell'ottocento Gustavo Modena fece uno spettacolo della Commedia vestito come Dante, con un ragazzo accanto che fingeva di essere uno scrivano.

Recitava il Poema come se lo inventasse al momento, facendo delle pause per trovare l'ispirazione. "E caddi come corpo morto... (faceva cadere la penna a terra)... cade."

(si sente una voce giungere da uno dei palchi)

RUBINO Scusa Vittorio, ma fra dieci anni chi potrebbe leggere la Divina Commedia come l'hai letta tu?

VITTORIO In modo così assolutamente perfetto vuoi dire.

RUBINO Certo.

VITTORIO Per il futuro non posso rispondere, se vuoi ti posso parlare del passato.

Ermete Zacconi privilegiava l'aspetto realistico; lo sentii dire il canto XXXIII dell'Inferno, quello di Ugolino, dove il verismo viene fuori prepotentemente, ma non a scapito del resto.

Ruggeri invece, con il suo straordinario lirismo, con l'incanto della sua voce, prediligeva i canti più lirici, soprattutto il V dell'Inferno, avvalendosi della sua vocalità sfumata e ambigua.

Non so se Salvo Randone abbia mai letto Dante, ma sono sicuro che vi avrebbe immesso tutta la sua personalità decadente e realistica.

E poi devo ricordare i miei compagni d'Accademia: Antonio Crast, con una bella voce magica e Elena Da Venezia che si può definire un ponte tra lirismo e verità.

RUBINO E tra i moderni...

VITTORIO Giancarlo Sbragia e Enrico Maria Salerno tentano... di far capire cosa succede nel poema, mentre Giorgio Albertazzi predilige gli aspetti psicologici, a volte a scapito della struttura del verso.

Roberto Herlitzka invece è un eccellente punto d'incontro tra le varie possibilità che propone il testo.

E poi Carmelo Bene che immette nelle letture dantesche buona parte della sua personalità con la sua tendenza rapsodico-schizoide, e Roberto Benigni con un suo modo particolare di dire Dante, con quella parlata che possiede l'eco di quella del grande poeta.

RUBINO E se potessimo invitare Dante in televisione quale verso direbbe, secondo te?

VITTORIO Forse: "Pape Satan, Pape Satan Aleppe", perché era un sapiente distributore delle forme, un teatrante, aveva un innato senso del colpo di scena, dell'effetto, sapeva che "Pape Satan" sarebbe stato oggetto di discussione.

RUBINO Quando tu leggi Dante, sapendo quello che dici, comunichi anche questo sapere, oltre il verso, ma dopo anni di letture dantesche non ti sbagli mai? Sei disumano, non sei umano.

VITTORIO Sarà genio?

RUBINO E Ugolino, Ugolino ha mangiato i figli o no? È morto di crepacuore? Di digiuno?

VITTORIO Non ha importanza. Dante vuole che noi possiamo sospettare che Ugolino ha mangiato i figli. Deve rimanere l'ambiguità.

In Dante ogni osservazione viene fuori come una necessità, una volontà di documentare con precisione, con estremo realismo, con concretezza. È un poeta essenzialmente realista, nel senso più ampio, perché comprende tutti i viaggi del pensiero, non è privo di metafore, ma è la realtà vista nella sua totalità.

***

FLASH BACK
LUNGOTEVERE A ROMA

(Esterno notte, oppure effetto notte. Vittorio cammina accanto ad un altro signore più piccolo di lui, è Luciano Lucignani, scrittore, sceneggiatore, vecchio amico dai tempi dell'accademia, entrambi amici di Flaiano e Pasolini; Luciano guarda Vittorio con rispetto, stima, ammirazione, sussiego, e dolcezza)

VITTORIO Ma Fellini, avrebbe potuto fare un film sulla Divina Commedia?

LUCIANO Mah, forse sì qualche aspetto lo avrebbe colto sicuramente, ne avrebbe data una sua visione particolare, sicuramente lirica.

VITTORIO E Spielberg?

LUCIANO Certamente sì, con grande spreco di effetti speciali.

VITTORIO E Bergman?

LUCIANO La Divina Commedia è anche un grande testo psicanalitico, è la storia di un viaggio misterioso, un calarsi dentro il mistero, dentro quello che non si sa.

VITTORIO Eliot, in un paragone tra Dante e Shakespeare, dice che bisogna arrivare al profondo dell'animo umano, all'orrore dell'umanità, per avere la forza di risalire i gradini del Purgatorio ed aspirare alla pace, alla serenità, alla tranquillità del Paradiso.

***

FLASH BACK
NEW YORK 1994

(Un ristorante sulla quinta avenue, interno giorno, al tavolo Vittorio Gassman e John Freccero: lui è docente di letteratura italiana alla New York University)

VITTORIO Lei sa che in America pullulano i ristoranti e le pizzerie con nomi danteschi: "Dante's Inferno" o "La buca di Caronte"?

JOHN Sì *(risata)*

VITTORIO Ma la Divina Commedia, quanto è conosciuta negli Stati Uniti... leggono Dante gli italiani, figli di immigrati, che vivono in America?

JOHN Certo! Io ad esempio ho incominciato a studiare Dante con mio nonno che voleva che si leggesse la Divina Commedia... e poi da lì altri studi... l'incontro con Singleton.

VITTORIO Quale è stato il contributo di Singleton a Dante?

JOHN Singleton analizza la Divina Commedia nella sua interezza. A differenza di altri studiosi, soprattutto italiani, che esaminano canto per canto, terzina per terzina, Singleton la legge nella sua totalità. Ad esempio, lega il "volere" e "disio" del V canto dell'Inferno con il canto XXXIII del Paradiso dove riappaiono "velle" e "disio", e questo per i dantisti dell'epoca era una grossa novità.

VITTORIO Una visione strutturale della Commedia.

JOHN Sì. E poi commenta tutti insieme i primi cinque o sei canti del Purgatorio, considerandolo come un grande unico canto.

Singleton faceva parte del gruppo di critici americani non accademici dei "New Critics", quasi dei critici-giornalisti che insistevano sul formalismo nella poesia, che all'inizio non erano ben visti nelle università americane ma che più tardi conquistarono grande fama mondiale proprio per il loro approccio del tutto nuovo a Dante e alla poesia.

VITTORIO Nei suoi saggi pubblicati in Italia lei insiste spesso sull'influenza di s. Agostino su Dante.

JOHN È indubbia la sua influenza spirituale, e non solo di s. Agostino ma di s. Tommaso e della Scolastica in generale.

Siamo nel tardo Medioevo e s. Agostino è l'unico che faccia della sua vita un'esperienza completa: una struttura che si può definire "confessionale".

VITTORIO La Commedia viene anche letta come la storia di una redenzione spirituale, dall'Inferno al Paradiso. Ecco il Paradiso è sicuramente quella forse meno conosciuta delle tre Cantiche, anche perché meno comprensibile: ma oggi, tra gli intellettuali, c'è un nuovo interesse per il Paradiso?

JOHN Sì. La vecchia idea romantica di Shelley che Dante fosse grande nell'Inferno e nel Purgatorio e che il Paradiso fosse troppo astratto, troppo filosofico, troppo teologico per il lettore moderno, è superata. Io direi invece il contrario, proprio nel senso puro della poesia. Il Paradiso è molto più moderno, si confessa fin dall'inizio come incapace di esprimere il proprio soggetto, quindi non ha altra scelta se non quella di concentrarsi sull'atto della poesia stessa: parlare di poesia. Dato che l'argomento "Dio" non si può avvicinare, si può solo mostrare la debolezza della lingua umana e allo stesso tempo esprimere l'inesprimibile.

VITTORIO Un procedimento simile a quello di Beckett: continuare a parlare sebbene non si creda più alla parola, la parola che si autoelimina.

JOHN E questo rende moderno il Paradiso.

VITTORIO Ma lei ha una preferenza tra Inferno, Purgatorio e Paradiso?

JOHN No *(risata)* ogni cantica ha una sua caratteristica precisa. Il Purgatorio mi piace, mi piace la sua musicalità, la luce rossastra e crepuscolare, la malinconia, la nostalgia, la nostalgia del proprio corpo: queste anime che pensano con affetto nostalgico alla perdita del proprio corpo.

VITTORIO Anch'io ho una predilezione per il Purgatorio, perché forse è il posto dove mi piacerebbe andare a finire, perché l'Inferno è doloroso e il Paradiso è noioso...

JOHN *(risata)* Ma nel Purgatorio non puoi stare fermo, devi sempre camminare...

VITTORIO Faticoso, ma simile a questa vita a cui sono attaccato.

JOHN Anche Dante camminava molto, su e giù per l'Italia. Il suo è un grande viaggio fisico, morale e spirituale. Con Dante si viaggia sempre, d'altronde il poema lo ha scritto in viaggio.

VITTORIO Il viaggio gli è dentro nell'anima per proporre un cammino con tutti i significati e con tutte le e-sperienze.

JOHN E le donne?

VITTORIO Eh le donne! Grandi figure in Dante.

JOHN Pia de' Tolomei. Sono sei versi che si fissano nella memoria.

VITTORIO **Ricordati di me che son la Pia**

JOHN È l'introduzione geniale di un personaggio, di una situazione nuziale.

VITTORIO E nell'Inferno, c'è l'affettuosità di Dante nei confronti delle creature che sono in quel luogo, per Francesca ad esempio.

JOHN Dante è quasi più affettuoso, più caldo con Francesca che con Beatrice.

VITTORIO Francesca sorride nel pentimento; il sorriso dell'amore, il sorriso di Costanza, di Piccarda Donati sono tangibili, sembra di vederli e ti ricordano l'ambiguità dei grandi sorrisi dell'arte figurativa, come quello della Gioconda.

***

FLASH BACK
BOTTEGA TEATRALE DI FIRENZE

VITTORIO Sorridete! sorridete sempre quando recitate, serve a voi e serve agli altri, il grande teatro, la tragedia o la poesia vera, devono essere sostenuti dal sorriso, una felicità implicita del "comunicar per verba".

Casella sorride e canta un verso della Vita Nova, l'episodio di Ciacco è un episodio sorridente, c'è un sorriso imbarazzato di Dante quando incontra Brunetto Latini, Virgilio sorride supponente. Il sorriso di Francesca, con cui Dante è affettuoso, siamo nel V canto dell'Inferno: "amor, amor, amor," sono tre terzine che cominciano nello stesso modo, è una tripla anafora, su coraggio, provate.

RAGAZZA **Amor ch'a nullo...**

VITTORIO No, devi metterci più forza, più amore. A filosofare è necessario amore, lo dice anche De Sanctis.

RAGAZZA **Amor mi prese...**

VITTORIO Il secondo "amor", deve essere più forte del primo, e il tono ancora di più, più appassionato, più lirico, più intenso.

(le recita lui tutte e tre)

***

FLASH BACK
NEW YORK

VITTORIO Invece Beatrice? Quando nel Paradiso sgrida Dante, "... Tu prima facevi... ma poi ti sei traviato". Ma Dante cosa faceva di così terribile?

JOHN Ci sono due ipotesi; una allegorica: Dante abbandona la fede dell'infanzia a favore della filosofia. Seconda ipotesi: il nesso tra erotismo e filosofia che è sempre presente nel Medioevo. S. Agostino ha avuto problemi sia con la filosofia che con la sua vita sentimentale, insomma una condizione ambigua.

VITTORIO L'ambiguità che caratterizza tutte le grandi opere, anche quelle di Shakespeare: la capacità di ibridazione, il mescolare il sublime col profano.

JOHN Però Dante è meno legato alla terra di quanto lo sia Shakespeare.

VITTORIO Anche Shakespeare scrive in endecasillabi, ma il il suono... il suono della terzina dantesca... un due tre, il primo verso apre, il secondo apre un po' di più e il terzo chiude: il ritmo del valzer!

JOHN Fantastico! Ci ho pensato anch'io, ma lei è la prima persona al mondo che abbia il coraggio di dirlo.

VITTORIO Un, due, tre... nascita, copula, morte.
(si abbracciano per un giro di valzer)

***

FLASH BACK
BOTTEGA TEATRALE DI FIRENZE

VITTORIO Coraggio, venite qua vicino a me e insieme cerchiamo di dire: "Quali colombe..." prendiamoci tutti per mano, cerchiamo di goderceli questi sei versi, "Quali colombe dal disio chiamate..." con un fiato solo, sei versi con un fiato solo, siete giovani potete farcela... e facciamolo questo volo delle colombe, il verso sale, sale, e saliamo anche noi, e poi scende, scende a chiudere... a chiudere le alucce.

***

FLASH BACK
LUNGOTEVERE A ROMA

VITTORIO Ma Dante ha sempre paura.

LUCIANO E Virgilio gli dice di nascondersi.

VITTORIO Lo mette sotto l'ala... e poi c'è il sospetto, e la paura, che si lascia trasformare dalla persuasione, c'è l'evidenza, la pace, la serenità della visione, la curiosità, Dante è curioso, ficca il naso dappertutto.

LUCIANO Certo uno che ha intrapreso un viaggio simile, non può essere che curioso.

VITTORIO Fino all'ascesi, e alla grande visione teologale che corona il tutto, quindi carne al fuoco ce n' è tanta.

LUCIANO Dante non è un poeta impressionistico, è un poeta-scultore.

VITTORIO Quasi michelangiolesco.

***

CAMERINO DEL TEATRO MARIANI

VITTORIO Qualcosa gli è stato dettato, era posseduto. Forse un grande interprete dovrebbe farsi rapire totalmente, farsi possedere anche lui e forse pagare con la vita... certo non io.

TEATRO MARIANI

VITTORIO Nel dire Dante è importante la forma, la lingua, la grammatica, la sintassi, l'oratoria.

Anche il verso di Shakespeare è un endecasillabo, ma è diverso da quello dantesco perché la conformazione stessa e la storia che sta a monte della lingua inglese hanno una derivazione che porta più vicino a certe accentuazioni tipiche del greco, crea un andamento più sbalzato e ne fa un teatro più evidente, più nudo, più scoperto.

Io ho avuto la fortuna di avere al liceo un insegnante, Vladimiro Caioli, che era un grande dicitore di Dante perché lo spiegava, lo chiariva, senza rovinare il mistero che c'è e deve rimanere.

Prima di fare una lezione su Dante, De Sanctis usava imparare il canto a memoria e poi lo diceva ad alta voce, perché solo lì la violenza, la fantastica forma scultorea, vengono fuori.

***

FLASH BACK
LUNGOTEVERE A ROMA

VITTORIO E poi c'è una descrizione accuratissima delle bolge, tutto è stato diviso alla perfezione, ci sono dei giardinetti...

LUCIANO ... Dei ponti che collegano una bolgia all'altra, ad esempio ce n'è uno che è crollato tanto tempo prima, ma quando?

VITTORIO È un poema futuribile, fantascientifico, una fantascienza ante-litteram: l'immaginazione di una cosa che non esisteva nel mondo di allora.

LUCIANO L'interprete deve chiarire il poema, così la poesia viene restituita al lettore con molta più chiarezza di quanto appaia in una lettura individuale. La lettura individuale comporta ad esempio che quando ci si trova di fronte ad un passaggio difficile si debbano andare a leggere le note relative alle varie interpretazioni del passo.

Eliot dice che Dante è facile a leggersi perché il suo contenuto è rappresentato con una tale forza di condensazione che tre versi, per essere spiegati, richiedono un paragrafo e le loro allusioni una pagina di commento.

VITTORIO Che è il procedimento indiretto tipico della poesia e del teatro.

LUCIANO E anche Sermonti, nel suo bellissimo libro, per raccontare le cose di Dante impiega molte più pagine, molte più parole.

***

CAMERINO DEL TEATRO MARIANI

VITTORIO Certe ombre del cervello... il contatto con

queste cose della Divina Commedia... è insieme catartico e... da prendere con le molle.

Dopo aver recitato quaranta canti... qualcosa in me è successo; mi è piaciuto, ma non è stato un divertimento, è stato un viaggio faticoso dove ho lasciato qualche pezzetto della mia piccola sensibilità.

***

FLASH BACK
SETTANT'ANNI PRIMA
Casa Gassman

(Salotto, o camera da letto, davanti al camino, opzionale, seduta su una comoda poltrona imbottita, una signora di mezza età e sulle sue ginocchia un bambino di quattro o cinque anni, atmosfera rilassata, ambiente sereno e familiare)

LA MAMMA Allora Vittorio, vediamo, vediamo se ti ricordi: **Per me si va...**

VITTORIO **nella città cadente...**

LA MAMMA *(gli dà una sberla)* Dolente, non cadente, ricomincia.

VITTORIO **Per me si va nella città dolente**
per me si va nell'eterno...

LA MAMMA **Etterno.**

VITTORIO **Etterno dolore**
per me si va tra la pennuta...

LA MAMMA *(altra sberla)* Perduta, perduta, così non va, devi applicarti di più, altrimenti non le facciamo più le gare di memoria.

VITTORIO No dai mamma ti prego.
Per me si va tra la perduta gente.

LA MAMMA Dante è facile da memorizzare per tante ragioni, la rima, la cadenza della rima, la terzina rimata, la icasticità, la forma delle immagini.

È una grande favola che si porta dentro, e ti lascia nella coscienza dei promemoria che non si possono dimenticare. Anche i bambini possono trovare in Dante qualcosa che fa per loro. È un grande scrittore fantastico, c'è la favola, il senso della natura, i mostri alati, le immagini robotiche, futuribili.

***

FLASH BACK

LUNGOTEVERE A ROMA

LUCIANO Un viaggio misterioso, un grande romanzo di avventura. Ad esempio nel XXI canto "E vidi dietro a noi un diavol nero"... e comincia l'avventura.

VITTORIO Ci sono tanti Capitano Nemo, ci sono apparizioni, agnizioni, mostri. Ogni tanto il Pellegrino ad esempio ha fretta perché deve rispettare certe scadenze.

LUCIANO Alcuni critici hanno notato la presenza di toni concitati, rapidi, convulsi, pieni di ansietà...

VITTORIO Impauriti.

LUCIANO Come quando Dante è rincorso dai diavoli, e Virgilio deve abbracciarlo per salvarlo dal precipizio.

VITTORIO I diavoli di Malebolge, sono molto caratterizzati, sono teatrali.

LUCIANO Ma un ragazzo, secondo te, è in grado capire di cosa si tratta?

VITTORIO Nessuno può capire la Commedia senza un aiuto filologico e storico, ci vuole una dottrina indispensabile alla percezione totale e razionale del Poema.

E un'altra percezione è quella emotiva, irrazionale, tra l'apollineo e il dionisiaco: bisogna dare spazio all'irrompere delle emozioni, perché dal punto di vista strettamente logico i conti non sempre tornano.

La voce dell'attore, il tono, le pause, l'intonazione, sono elementi di chiarificazione, la spina dorsale su cui un umano può tentare l'impresa di leggere la Divina Commedia.

***

FLASH BACK CASA GASSMAN

(Vittorio bambino seduto accanto alla mamma, davanti a lui un pallottoliere, sposta le palline e parla a voce alta)

VITTORIO 100 canti, anzi 99 canti più uno di prologo. In ogni cantica ci sono 33 canti.
33... 3 e 3... 3 per 3 = 9... Dante ha nove anni quando incontra Beatrice!

LA MAMMA La Commedia ha a che fare con l'alchimia, con la numerologia, Dante ha una passione per il numero 9.

***

FLASH BACK LUNGOTEVERE A ROMA

VITTORIO Dante rappresenta tutto: l'uomo nelle sue cose esplicite, nei suoi misteri, tutto l'universo conosciuto, quello che verrà o che non ci sarà mai, insomma un grande poeta realista.

LUCIANO Con grande capacità di condensazione e di passaggio repentino da un tono all'altro, dal generale al particolarissimo, procedimento che è anche teatrale.

VITTORIO E poi l'Inferno è abitato da persone più simpatiche... ci si diverte

***

CAMERINO DEL TEATRO MARIANI

(Gassman davanti allo specchio, faccia grifagna)

VITTORIO **"E detto l'ho perché doler ti debbia!"** *(fa le fiche con ambedue le mani e batte i tacchi: una sorta di flamenco, come per dire, tié)*

***

TEATRO MARIANI

VITTORIO È un procedimento a scatola cinese: il principio si attacca alla fine, ogni elemento di questo poema contiene il precedente e previene il successivo e da questo deriva la scelta di quella straordinaria forma che è la terza rima, che ha un movimento ABC BCD.

John Freccero rileva nel Poema la presenza costante del tempo, l'andamento del tempo. È la grande staffetta del tempo e della realtà temporale.

Cristo, che è fuori del tempo, rima solo con Cristo: non si può accollare la realtà a Cristo.

***

FLASH BACK

LUNGOTEVERE A ROMA

LUCIANO Dante fa eccezione alla regola, perché di solito la poesia si "legge" ma non si "dice", forse questo non vale per la poesia moderna che è più difficile da recitare.

VITTORIO Perché la forma della poesia moderna ti dà una guida meno precisa. In quella dantesca invece c'è da seguire una specie di cunicolo.

E poi Dante era un grandissimo, astutissimo forgiatore della parola, sapeva tutto della Ars Retorica antica, la mescolava: come Shakespeare.

LUCIANO Alto e basso, sublime e terragno, si fon-

dono in un grande amalgama per descrivere la realtà che, si sa, non è mai di un solo colore.
C'è una grande ricchezza espressiva, la ricchezza delle iterazioni, un grande esempio ci è dato dalla parola "Amor" ripetuta tre volte, nel V canto dell'Inferno.

***

TEATRO

VITTORIO A proposito della cantabilità della Divina Commedia, della legittimità di dirla ad alta voce, esistono dei documenti dell'epoca di Dante. Ad esempio Franco Sacchetti nel *Trecento Novelle*, racconta di un fabbro che battendo sull'incudine "cantava" Dante. E ancora Sacchetti riporta l'episodio di Dante che, sentendo un asinaio cantare il libro suo e dire "Arrì!", lo percosse dicendo: "Cotesto non vi misi io!".

Questo per dire che la Commedia all'epoca era molto nota, anche al popolo. Petrarca definiva Dante "poeta per osti", proprio perché era cantato anche nelle vie della città.

***

FLASH BACK

BOTTEGA TEATRALE DI FIRENZE

VITTORIO Oggi parleremo degli accenti, gli accenti nella Divina Commedia, dove cadono e cosa succede quando cadono.

La caduta degli accenti determina delle differenze, l'endecasillabo dantesco ha gli accenti quasi sempre sulla IV VI e X o sulla IV VII VIII sillaba.
Nel mezzo del cammin (VI) di nostra vita (X).
Mi ritrovai in una selva (IV) oscura (X)
Che la dirit (IV) ta via (VII) era smarrita (X)
Non credo che Dante abbia pensato a questo, ma siccome se ne ritrovano a centinaia di questi esempi si deve dedurre che sono un elemento fondamentale da rispettare anche in una semplice dizione o in una lettura.

FLASH BACK
LUNGOTEVERE A ROMA

LUCIANO Dante è rincorso dai diavoli, e Virgilio deve abbracciarlo per salvarlo dal precipizio.

VITTORIO I diavoli di Malebolge sono molto caratterizzati, in un certo senso teatrali, e come non ricordare le bellissime incisioni di Doré che hanno accompagnato le mie letture dantesche dell'infanzia... per me i diavoli sono quelli.

VITTORIO Dante, si sa, ha una predilezione per Ovidio, per *Le Metamorfosi*. Nel canto XXV c'è una doppia trasformazione uomo-serpente, serpente-uomo che è una cosa terrificante e drammatica.

LUCIANO Sono descritte in modo realistico le due zampe anteriori che gli prendono il torace *(Luciano afferra Vittorio per spiegare meglio quanto succede)* e intanto gli morde le guance, con quelle centrali lo abbraccia ai fianchi, e poi con quelle in fondo...

VITTORIO Ma quante zampe aveva?

LUCIANO Gli stringeva i piedi così stretti che le due gambe perdono la loro individualità, e il serpente-uomo-serpente si allontana.

VITTORIO Sono tutti simboli evidenti.

LUCIANO D'altronde il simbolo era pane quotidiano per i poeti del tempo.

VITTORIO Tutto il Medioevo è ricco di simbologie.

VITTORIO Dante è stato uno spartiacque per la lingua, per la visione iconografica, e poi è stato un grande architetto perché la costruzione della montagna, quel cono rovesciato, rovesciato due volte, non è cosa semplice da progettare.

LUCIANO L'influenza di una visione cosmologica tolemaica.

CAMERINO DEL TEATRO MARIANI

(Vittorio si sta specchiando, lo specchio riflette l'immagine di un pazzo che, battendo un pugno sul tavolo, improvvisamente urla)

VITTORIO Io sono un tolemaico, la terra è piatta e sta ferma!

***

FLASH BACK

BOTTEGA TEATRALE DI FIRENZE

VITTORIO Quando il senso di un verso non termina alla fine del verso, ma è legato all'inizio del verso successivo, abbiamo *l'enjambement*.

Non c'è una grande ricchezza di enjambement nella Commedia, forse perché l'enjabement ostacola la chiarezza, la lucentezza e la precisione del discorso che in ogni verso completa un concetto, e in ogni terzina una terna di concetti.

Però ce ne sono alcuni veramente azzardati, come nel III Canto del Paradiso... **Ave,** (a capo)
Maria cantando... arditissimo enjambement, e dovete farlo sentire.

***

FLASH BACK

LUNGOTEVERE A ROMA

LUCIANO Nella letteratura italiana moderna non ci sono molti che hanno scritto dei saggi sulla Divina Commedia, mentre invece gli stranieri sono più attenti: mi ricordo che Beckett cita Dante in un romanzo, ha scritto un saggio, e anche una poesia.

VITTORIO E Borges avvicina Dante alla linfa del terrore, della suspence che è tipica del neogotico anglosassone.

LUCIANO Per Eliot l'universalità di Dante è dovuta alla lingua, all'italiano medioevale derivato dal latino universale, una vera e propria lingua.

VITTORIO Anche criptica, ma di grande forza espressiva.

LUCIANO Sì criptica ma comprensibile fuori dai confini dell'Italia.

VITTORIO Una lingua che si stava snodando dall'Italia. In Dante ci sono una serie di neologismi, parole inventate anche per comodità, per la rima, che si immettono nella struttura linguistica che mescola l'italiano volgare con i residuati del latino, con esplosioni del linguaggio di forte valore drammatico.

LUCIANO La popolarità di Dante usciva dai confini dell'Italia.

VITTORIO Dante rompe definitivamente con il latino ed inventa una lingua nuova, popolare. Una lingua che dice "babbo" e "mamma" che si arricchisce di espressioni dialettali, di proverbi.

VITTORIO Credo ci sia un certo gusto nel vedere puniti alcuni vizi di tutti i tempi.

LUCIANO Un atteggiamento morale di Dante rispetto ai diversi peccati. Non c'è dubbio che i peccati che sono visti con più mansuetudine e con più comprensione siano i peccati naturali, peccati dell'eccesso d'amore, vedi la simpatia che ha per Francesca.

VITTORIO Invece esercita grande ira e crudeltà verso i finti, i bugiardi, quelli che approfittano delle piccole cose, gli speculatori, quelli che vendono la bugia di contrabbando.

LUCIANO Su quelli infierisce e non si fa scrupolo di infierire su quelli della Chiesa che hanno peccato, come i Papi o gli arcivescovi, o i sodomiti: Brunetto Latini, lo tratta con imbarazzo e rispetto.

VITTORIO Ti ricordi cosa diceva Flaiano.." l'Inferno è un posto molto sgradevole, un albergo dove non si sta bene, soprattutto perché c'è una maggioranza di italiani che rompono i coglioni agli altri..."

***

TEATRO

SPETTATORE Mi scusi signor Gassman, ma come sono fatti l'Inferno, il Purgatorio e il Paradiso?

VITTORIO Sono due imbuti, due coni rovesciati, la montagna per cui si sale verso la luce: in realtà i due pellegrini scendono verso il buco, verso Lucifero che sta seduto in fondo nel ghiaccio, e lì si comincia a salire il monte del Purgatorio che è un imbuto rovesciato nell'altro modo, in cui si scende salendo. Scende però sale... grande ambiguità.

SPETTATRICE E la realtà temporale, come è descritta?

VITTORIO C'è una grande circolarità di tempo e di spazio, le notti si susseguono ai giorni in un modo strano, si fa buio all'improvviso, ci sono dei cataclismi, è tutto molto complesso e anche non così chiaro.

SPETTATORE Ma la Commedia è anche ludica?

VITTORIO Per certi versi no, perché quello che contrasta di più il gioco è l'utilità e questo è un grande poema di ascesi, c'è uno scopo da raggiungere, e questo è anti-ludico.

Però il gioco c'è, perché c'è il conflitto, l'azzardo: il rischio di fare un viaggio del genere; c'è il gioco di vertigine: gli svenimenti, la perdita dell'io; c'è la mimesi; i personaggi, e le loro contraddizioni.

SPETTATRICE C'è interesse alla parte somatica dell'universo?

VITTORIO Certamente, ad esempio l'Inferno è nero e rosso. E poi Dante è attento ai fenomeni della vista, con alcuni curiosi fenomeni di controsenso: più c'è luce e

meno vedi. E nel Paradiso c'è una grande combinazione di luci, un grande spettacolo di "Son e Lumière".
(pausa)

Bene, se non ci sono altre domande da fare io terminerei qui.

Vi ho raccontato qualcosa, qualcosa del poco che sapevo di Dante, della mia esperienza, della mia frequentazione dantesca, grazie a tutti.
(applauso)

***

FLASH BACK
LUNGOTEVERE A ROMA

LUCIANO Però siamo nel Medioevo, e quindi al massimo si può parlare di spettacolo medioevale...

VITTORIO Certo, infatti tutti gli incontri, sia comici, tristi, emozionanti, grotteschi, sporchi non si svolgono con la contemporaneità collettiva di tutti, ma arrivano uno per uno...

LUCIANO A stazioni, uno dopo l'altro arrivano le stanze, come nell'iconografia bizantina c'è una capacità di ridurre tutto ad una grande unicità però esaminando cronologicamente e puntualmente tutti i singoli tasselli.

(adesso Dante e Virgilio, cioè Vittorio e Luciano, camminano "come i frati minor vanno per via", cala la sera)

VITTORIO **Taciti, soli e sanza compagnia**

LUCIANO **N'andavam, l'un dinanzi e l'altro dopo**

VITTORIO I dannati si stupiscono che Dante fa ombra, perché è vivo.

LUCIANO Dante con alcuni dannati è comprensivo.

VITTORIO Sorridente, affettuoso.

LUCIANO Con altri durissimo.

VITTORIO A uno rifiuta di togliergli i ghiaccioli dagli occhi.

LUCIANO **E io non lo feci, e feci bene a non farlo.**

VITTORIO Ci sono mille sfumature.

LUCIANO I paragoni sono doppiati e triplicati.

VITTORIO Un paragone dura 45 versi.

LUCIANO "L'altro mondo" della Commedia è allegorico di questo.

VITTORIO C'è tutta la grandezza dei sentimenti.

LUCIANO Personaggi di epoche diverse stanno insieme.

VITTORIO Appaiono dannati che non sono ancora morti.

LUCIANO **Qui ci starebbe bene quello lì, ma è ancora vivo.**

VITTORIO Un grande minestrone sferico.

LUCIANO Un'opera circolare.

VITTORIO Infatti Borges l'amava perché amava gli oggetti circolari.

***

TEATRO
Esterno notte

(Gassman ha terminato l'incontro con il pubblico, esce dal camerino, sale sull'auto e va... verso una nuova tappa)

***

L'AUTO
Sfreccia sull'autostrada, è nei pressi del casello di Bologna? Milano? Insomma una città del nord

***

BOLOGNA
Palasport, oppure Milano: palasport, oppure una città del nord: palasport

(il palasport è gremito, 2500 persone, siamo al finale di un recital)

VITTORIO Vorrei concludere la serata con il XXXIII canto del Paradiso, il Paradiso che è pervaso da una luce bianca, accecante, una successione di svenimenti dell'occhio che trascolora in bianco sempre più bianco.

Dante non vede più, guarda il sole e si sorprende di poterlo guardare, la visione è bianca, misteriosa, sublime.

Vergine madre...
(pausa, pausa carica di tensione, ancora pausa, amnesia?)
Scusate, non mi ricordo più nulla.
(applauso fragoroso e caloroso)

VITTORIO Grazie.
Vergine madre figlia del tuo figlio...

(lo dice tutto, tutto il XXXIII, c'è tutto quello che sa, tutto Dante, tutto Vittorio Gassman... e arriva alla fine)

L'amor che move il sole e l'altre stelle.

FINE

CANTI

INFERNO

I, II, III, V, X, XIII,
XV, XVIII, XXIV, XXVI, XXXIII, XXXIV

PURGATORIO

II, III, V, XXX

PARADISO

III, XXXIII

CANTO I

(Incomincia la Comedia di Dante Alleghieri di Fiorenza, ne la quale tratta de le pene e punimenti de' vizi e de' meriti e premi de le virtú. Comincia il canto primo de la prima parte la quale si chiama Inferno, nel qual l'auttore fa proemio a tutta l'opera.)

Nel mezzo del cammin di nostra vita
mi ritrovai per una selva oscura,
ché la diritta via era smarrita.
Ahi quanto a dir qual era è cosa dura
esta selva selvaggia e aspra e forte
che nel pensier rinova la paura!
Tant' è amara che poco è piú morte;
ma per trattar del ben ch'i' vi trovai,
dirò de l'altre cose ch'i' v'ho scorte.
Io non so ben ridir com' i' v'intrai,
tant' era pien di sonno a quel punto
che la verace via abbandonai.
Ma poi ch'i' fui al piè d'un colle giunto,
là dove terminava quella valle
che m'avea di paura il cor compunto,
guardai in alto e vidi le sue spalle
vestite già de' raggi del pianeta
che mena dritto altrui per ogne calle.
Allor fu la paura un poco queta,
che nel lago del cor m'era durata
la notte ch'i' passai con tanta pieta.
E come quei che con lena affannata,
uscito fuor del pelago a la riva,
si volge a l'acqua perigliosa e guata,
cosí l'animo mio, ch'ancor fuggiva,
si volse a retro a rimirar lo passo
che non lasciò già mai persona viva.

Poi ch'èi posato un poco il corpo lasso,
ripresi via per la piaggia diserta,
sí che 'l piè fermo sempre era 'l piú basso.
Ed ecco, quasi al cominciar de l'erta,
una lonza leggera e presta molto,
che di pel macolato era coverta;
e non mi si partia dinanzi al volto,
anzi 'mpediva tanto il mio cammino,
ch'i' fui per ritornar piú volte vòlto.
Temp' era dal principio del mattíno,
e 'l sol montava 'n sú con quelle stelle
ch'eran con lui quando l'amor divino
mosse di prima quelle cose belle;
sí ch'a bene sperar m'era cagione
di quella fiera a la gaetta pelle
l'ora del tempo e la dolce stagione;
ma non sí che paura non mi desse
la vista che m'apparve d'un leone.
Questi parea che contra me venisse
con la test' alta e con rabbiosa fame,
sí che parea che l'aere ne tremesse.
Ed una lupa, che di tutte brame
sembiava carca ne la sua magrezza,
e molte genti fé già viver grame,
questa mi porse tanto di gravezza
con la paura ch'uscia di sua vista,
ch'io perdei la speranza de l'altezza.
E qual è quei che volontieri acquista,
e giugne 'l tempo che perder lo face,
che 'n tutti suoi pensier piange e s'attrista;
tal mi fece la bestia sanza pace,
che, venendomi 'ncontro, a poco a poco
mi ripigneva là dove 'l sol tace.
Mentre ch'i' rovinava in basso loco,
dinanzi a li occhi mi si fu offerto
chi per lungo silenzio parea fioco.
Quando vidi costui nel gran diserto,
«*Miserere* di me», gridai a lui,
«qual che tu sii, od ombra od omo certo!».
Rispuosemi: «Non omo, omo già fui,
e li parenti miei furon lombardi,
mantoani per patrïa ambedui.

Nacqui *sub Iulio,* ancor che fosse tardi,
e vissi a Roma sotto 'l buono Augusto
nel tempo de li dèi falsi e bugiardi.
Poeta fui, e cantai di quel giusto
figliuol d'Anchise che venne di Troia
poi che 'l superbo Iliön fu combusto.
Ma tu perché ritorni a tanta noia?
perché non sali il dilettoso monte
ch'è principio e cagion di tutta gioia?».
«Or se' tu quel Virgilio e quella fonte
che spandi di parlar sí largo fiume?»,
rispuos' io lui con vergognosa fronte.
«O de li altri poeti onore e lume,
vagliami 'l lungo studio e 'l grande amore
che m'ha fatto cercar lo tuo volume.
Tu se' lo mio maestro e 'l mio autore,
tu se' solo colui da cu' io tolsi
lo bello stilo che m'ha fatto onore.
Vedi la bestia per cu' io mi volsi;
aiutami da lei, famoso saggio,
ch'ella mi fa tremar le vene e i polsi».
«A te convien tenere altro vïaggio»,
rispuose, poi che lagrimar mi vide,
«se vuo' campar d'esto loco selvaggio;
ché questa bestia, per la qual tu gride,
non lascia altrui passar per la sua via,
ma tanto lo 'mpedisce che l'uccide;
e ha natura sí malvagia e ria,
che mai non empie la bramosa voglia,
e dopo 'l pasto ha piú fame che pria.
Molti son li animali a cui s'ammoglia,
e piú saranno ancora, infin che 'l veltro
verrà, che la farà morir con doglia.
Questi non ciberà terra né peltro,
ma sapïenza, amore e virtute,
e sua nazion sarà tra feltro e feltro.
Di quella umile Italia fia salute
per cui morí la vergine Cammilla,
Eurialo e Turno e Niso di ferute.
Questi la caccerà per ogne villa,
fin che l'avrà rimessa ne lo 'nferno,
là onde 'nvidia prima dipartilla.

Ond' io per lo tuo me' penso e discerno
che tu mi segui, e io sarò tua guida,
114 e trarrotti di qui per loco etterno;
ove udirai le disperate strida,
vedrai li antichi spiriti dolenti,
117 ch'a la seconda morte ciascun grida;
e vederai color che son contenti
nel foco, perché speran di venire
120 quando che sia a le beate genti.
A le quai poi se tu vorrai salire,
anima fia a ciò piú di me degna:
123 con lei ti lascerò nel mio partire;
ché quello imperador che là sú regna,
perch' i' fu' ribellante a la sua legge,
126 non vuol che 'n sua città per me si vegna.
In tutte parti impera e quivi regge;
quivi è la sua città e l'alto seggio:
129 oh felice colui cu' ivi elegge! ».
E io a lui: «Poeta, io ti richeggio
per quello Dio che tu non conoscesti,
132 acciò ch'io fugga questo male e peggio,
che tu mi meni là dov' or dicesti,
sí ch'io veggia la porta di san Pietro
e color cui tu fai cotanto mesti».
136 Allor si mosse, e io li tenni dietro.

CANTO II

(Canto secondo de la prima parte ne la quale fa proemio a la prima cantica cioè a la prima parte di questo libro solamente, e in questo canto tratta l'auttore come trovò Virgilio, il quale il fece sicuro del cammino per le tre donne che di lui aveano cura ne la corte del cielo.)

Lo giorno se n'andava, e l'aere bruno
toglieva li animai che sono in terra
da le fatiche loro; e io sol uno
m'apparecchiava a sostener la guerra
sí del cammino e sí de la pietate,
che ritrarrà la mente che non erra.
O muse, o alto ingegno, or m'aiutate;
o mente che scrivesti ciò ch'io vidi,
qui si parrà la tua nobilitate.
Io cominciai: «Poeta che mi guidi,
guarda la mia virtú s'ell' è possente,
prima ch'a l'alto passo tu mi fidi.
Tu dici che di Silvïo il parente,
corruttibile ancora, ad immortale
secolo andò, e fu sensibilmente.
Però, se l'avversario d'ogne male
cortese i fu, pensando l'alto effetto
ch'uscir dovea di lui, e 'l chi e 'l quale
non pare indegno ad omo d'intelletto;
ch'e' fu de l'alma Roma e di suo impero
ne l'empireo ciel per padre eletto:
la quale e 'l quale, a voler dir lo vero,
fu stabilita per lo loco santo
u' siede il successor del maggior Piero.
Per quest' andata onde li dai tu vanto,
intese cose che furon cagione
di sua vittoria e del papale ammanto.

Andovvi poi lo Vas d'elezïone,
per recarne conforto a quella fede
30 ch'è principio a la via di salvazione.
Ma io, perché venirvi? o chi 'l concede?
Io non Enëa, io non Paulo sono;
33 me degno a ciò né io né altri 'l crede.
Per che, se del venire io m'abbandono,
temo che la venuta non sia folle.
36 Se' savio; intendi me' ch'i' non ragiono».
E qual è quei che disvuol ciò che volle
e per novi pensier cangia proposta,
39 sí che dal cominciar tutto si tolle,
tal mi fec' ïo 'n quella oscura costa,
perché, pensando, consumai la 'mpresa
42 che fu nel cominciar cotanto tosta.
«S'i' ho ben la parola tua intesa»,
rispuose del magnanimo quell'ombra,
45 «l'anima tua è da viltade offesa;
la qual molte fïate l'omo ingombra
sí che d'onrata impresa lo rivolve,
48 come falso veder bestia quand' ombra.
Da questa tema acciò che tu ti solve,
dirotti perch' io venni e quel ch'io 'ntesi
51 nel primo punto che di te mi dolve.
Io era tra color che son sospesi,
e donna mi chiamò beata e bella,
54 tal che di comandare io la richiesi.
Lucevan li occhi suoi piú che la stella;
e cominciommi a dir soave e piana,
57 con angelica voce, in sua favella:
"O anima cortese mantoana,
di cui la fama ancor nel mondo dura,
60 e durerà quanto 'l mondo lontana,
l'amico mio, e non de la ventura,
ne la diserta piaggia è impedito
63 sí nel cammin, che vòlt' è per paura;
e temo che non sia già sí smarrito,
ch'io mi sia tardi al soccorso levata,
66 per quel ch'i' ho di lui nel cielo udito.
Or movi, e con la tua parola ornata
e con ciò c'ha mestieri al suo campare,
69 l'aiuta sí ch'i' ne sia consolata.

I' son Beatrice che ti faccio andare;
vegno del loco ove tornar disio;
amor mi mosse, che mi fa parlare.
Quando sarò dinanzi al segnor mio,
di te mi loderò sovente a lui".
Tacette allora, e poi comincia' io:
"O donna di virtú sola per cui
l'umana spezie eccede ogne contento
di quel ciel c'ha minor li cerchi sui,
tanto m'aggrada il tuo comandamento,
che l'ubidir, se già fosse, m'è tardi;
piú non t'è uo' ch'aprirmi il tuo talento.
Ma dimmi la cagion che non ti guardi
de lo scender qua giuso in questo centro
de l'ampio loco ove tornar tu ardi".
"Da che tu vuo' saver cotanto a dentro,
dirotti brievemente", mi rispuose,
"perch' i' non temo di venir qua entro.
Temer si dee di sole quelle cose
c'hanno potenza di fare altrui male;
de l'altre no, ché non son paurose.
I' son fatta da Dio, sua mercé, tale,
che la vostra miseria non mi tange,
né fiamma d'esto 'ncendio non m'assale.
Donna è gentil nel ciel che si compiange
di questo 'mpedimento ov' io ti mando,
sí che duro giudicio là sú frange.
Questa chiese Lucia in suo dimando
e disse: - Or ha bisogno il tuo fedele
di te, e io a te lo raccomando -.
Lucia, nimica di ciascun crudele,
si mosse, e venne al loco dov' i' era,
che mi sedea con l'antica Rachele.
Disse: - Beatrice, loda di Dio vera,
ché non soccorri quei che t'amò tanto,
ch'uscí per te de la volgare schiera?
Non odi tu la pieta del suo pianto,
non vedi tu la morte che 'l combatte
su la fiumana ove 'l mar non ha vanto? -.
Al mondo non fur mai persone ratte
a far lor pro o a fuggir lor danno,
com' io, dopo cotai parole fatte,

venni qua giú del mio beato scanno,
fidandomi del tuo parlare onesto,
ch'onora te e quei ch'udito l'hanno".
Poscia che m'ebbe ragionato questo,
li occhi lucenti lagrimando volse,
per che mi fece del venir piú presto.
E venni a te cosí com' ella volse:
d'inanzi a quella fiera ti levai
che del bel monte il corto andar ti tolse.
Dunque: che è? perché, perché restai,
perché tanta viltà nel core allette,
perché ardire e franchezza non hai,
poscia che tai tre donne benedette
curan di te ne la corte del cielo,
e 'l mio parlar tanto ben ti promette?».
Quali fioretti dal notturno gelo
chinati e chiusi, poi che 'l sol li 'mbianca,
si drizzan tutti aperti in loro stelo,
tal mi fec' io di mia virtude stanca,
e tanto buono ardire al cor mi corse,
ch'i' cominciai come persona franca:
«Oh pietosa colei che mi soccorse!
e te cortese ch'ubidisti tosto
a le vere parole che ti porse!
Tu m'hai con disiderio il cor disposto
sí al venir con le parole tue,
ch'i' son tornato nel primo proposto.
Or va, ch'un sol volere è d'ambedue:
tu duca, tu segnore e tu maestro».
Cosí li dissi; e poi che mosso fue,
intrai per lo cammino alto e silvestro.

CANTO III

(Canto terzo, nel quale tratta de la porta e de l'entrata de l'inferno e del fiume d'Acheronte, de la pena di coloro che vissero sanza opere di fama degne, e come il demonio Caron li trae in sua nave e come elli parlò a l'auttore; e tocca qui questo vizio ne la persona di papa Cilestino.)

'Per me si va ne la città dolente,
per me si va ne l'etterno dolore,
per me si va tra la perduta gente.
Giustizia mosse il mio alto fattore;
fecemi la divina podestate,
la somma sapïenza e 'l primo amore.
Dinanzi a me non fuor cose create
se non etterne, e io etterno duro.
Lasciate ogne speranza, voi ch'intrate'.
Queste parole di colore oscuro
vid' ïo scritte al sommo d'una porta;
per ch'io: «Maestro, il senso lor m'è duro».
Ed elli a me, come persona accorta:
«Qui si convien lasciare ogne sospetto;
ogne viltà convien che qui sia morta.
Noi siam venuti al loco ov' i' t'ho detto
che tu vedrai le genti dolorose
c'hanno perduto il ben de l'intelletto».
E poi che la sua mano a la mia puose
con lieto volto, ond' io mi confortai,
mi mise dentro a le segrete cose.
Quivi sospiri, pianti e alti guai
risonavan per l'aere sanza stelle,
per ch'io al cominciar ne lagrimai.
Diverse lingue, orribili favelle,
parole di dolore, accenti d'ira,
voci alte e fioche, e suon di man con elle

facevano un tumulto, il qual s'aggira
sempre in quell'aura sanza tempo tinta,
come la rena quando turbo spira.

E io ch'avea d'error la testa cinta,
dissi: «Maestro, che è quel ch'i' odo?
e che gent' è che par nel duol sí vinta?».

Ed elli a me: «Questo misero modo
tegnon l'anime triste di coloro
che visser sanza 'nfamia e sanza lodo.

Mischiate sono a quel cattivo coro
de li angeli che non furon ribelli
né fur fedeli a Dio, ma per sé fuoro.

Caccianli i ciel per non esser men belli,
né lo profondo inferno li riceve,
ch'alcuna gloria i rei avrebber d'elli».

E io: «Maestro, che è tanto greve
a lor che lamentar li fa sí forte? ».
Rispuose: «Dicerolti molto breve.

Questi non hanno speranza di morte,
e la lor cieca vita è tanto bassa,
che 'nvidïosi son d'ogne altra sorte.

Fama di loro il mondo esser non lassa;
misericordia e giustizia li sdegna:
non ragioniam di lor, ma guarda e passa».

E io, che riguardai, vidi una 'nsegna
che girando correva tanto ratta,
che d'ogne posa mi parea indegna;

e dietro le venía sí lunga tratta
di gente, ch'i' non averei creduto
che morte tanta n'avesse disfatta.

Poscia ch'io v'ebbi alcun riconosciuto,
vidi e conobbi l'ombra di colui
che fece per viltade il gran rifiuto.

Incontanente intesi e certo fui
che questa era la setta d'i cattivi,
a Dio spiacenti e a' nemici sui.

Questi sciaurati, che mai non fur vivi,
erano ignudi e stimolati molto
da mosconi e da vespe ch'eran ivi.

Elle rigavan lor di sangue il volto,
che, mischiato di lagrime, a' lor piedi
da fastidiosi vermi era ricolto.

E poi ch'a riguardar oltre mi diedi,
vidi genti a la riva d'un gran fiume;
per ch'io dissi: «Maestro, or mi concedi
ch'i' sappia quali sono, e qual costume
le fa di trapassar parer sí pronte,
com' i' discerno per lo fioco lume».
Ed elli a me: «Le cose ti fier conte
quando noi fermerem li nostri passi
su la trista riviera d'Acheronte».
Allor con li occhi vergognosi e bassi,
temendo no 'l mio dir li fosse grave,
infino al fiume del parlar mi trassi.
Ed ecco verso noi venir per nave
un vecchio, bianco per antico pelo,
gridando: «Guai a voi, anime prave!
Non isperate mai veder lo cielo:
i' vegno per menarvi a l'altra riva
ne le tenebre etterne, in caldo e 'n gelo.
E tu che se' costí, anima viva,
pàrtiti da cotesti che son morti».
Ma poi che vide ch'io non mi partiva,
disse: «Per altra via, per altri porti
verrai a piaggia, non qui, per passare:
piú lieve legno convien che ti porti».
E 'l duca lui: «Caron, non ti crucciare:
vuolsi cosí colà dove si puote
ciò che si vuole, e piú non dimandare».
Quinci fuor quete le lanose gote
al nocchier de la livida palude,
che 'ntorno a li occhi avea di fiamme rote.
Ma quell' anime, ch'eran lasse e nude,
cangiar colore e dibattero i denti,
ratto che 'nteser le parole crude.
Bestemmiavano Dio e lor parenti,
l'umana spezie e 'l loco e 'l tempo e 'l seme
di lor semenza e di lor nascimenti.
Poi si ritrasser tutte quante insieme,
forte piangendo, a la riva malvagia
ch'attende ciascun uom che Dio non teme.
Caron dimonio, con occhi di bragia
loro accennando, tutte le raccoglie;
batte col remo qualunque s'adagia.

Come d'autunno si levan le foglie
l'una appresso de l'altra, fin che 'l ramo
vede a la terra tutte le sue spoglie,
similemente il mal seme d'Adamo
gittansi di quel lito ad una ad una,
per cenni come augel per suo richiamo.
Cosí sen vanno su per l'onda bruna,
e avanti che sien di là discese,
anche di qua nuova schiera s'auna.
«Figliuol mio», disse 'l maestro cortese,
«quelli che muoion ne l'ira di Dio
tutti convegnon qui d'ogne paese;
e pronti sono a trapassar lo rio,
ché la divina giustizia li sprona,
sí che la tema si volve in disio.
Quinci non passa mai anima buona;
e però, se Caron di te si lagna,
ben puoi sapere omai che 'l suo dir suona».
Finito questo, la buia campagna
tremò sí forte, che de lo spavento
la mente di sudore ancor mi bagna.
La terra lagrimosa diede vento,
che balenò una luce vermiglia
la qual mi vinse ciascun sentimento;
e caddi come l'uom cui sonno piglia.

CANTO V

(Canto quinto, nel quale mostra del secondo cerchio de l'inferno, e tratta de la pena del vizio de la lussuria ne la persona di piú famosi gentili uomini.)

Cosí discesi del cerchio primaio
giú nel secondo, che men loco cinghia
e tanto piú dolor, che punge a guaio.
Stavvi Minòs orribilmente, e ringhia:
essamina le colpe ne l'intrata;
giudica e manda secondo ch'avvinghia.
Dico che quando l'anima mal nata
li vien dinanzi, tutta si confessa;
e quel conoscitor de le peccata
vede qual loco d'inferno è da essa;
cignesi con la coda tante volte
quantunque gradi vuol che giú sia messa.
Sempre dinanzi a lui ne stanno molte;
vanno a vicenda ciascuna al giudizio,
dicono e odono e poi son giú volte.
«O tu che vieni al doloroso ospizio»,
disse Minòs a me quando mi vide,
lasciando l'atto di cotanto offizio,
«guarda com' entri e di cui tu ti fide;
non t'inganni l'ampiezza de l'intrare!»
E 'l duca mio a lui: «Perché pur gride?
Non impedir lo suo fatale andare:
vuolsi cosí colà dove si puote
ciò che si vuole, e piú non dimandare».
Or incominciar le dolenti note
a farmisi sentire; or son venuto
là dove molto pianto mi percuote.
Io venni in loco d'ogne luce muto,
che mugghia come fa mar per tempesta,
se da contrari venti è combattuto.

La bufera infernal, che mai non resta,
mena li spirti con la sua rapina;
voltando e percotendo li molesta.
Quando giungon davanti a la ruina,
quivi le strida, il compianto, il lamento;
bestemmian quivi la virtú divina.
Intesi ch'a cosí fatto tormento
enno dannati i peccator carnali,
che la ragion sommettono al talento.
E come li stornei ne portan l'ali
nel freddo tempo, a schiera larga e piena,
cosí quel fiato li spiriti mali
di qua, di là, di giú, di sú li mena;
nulla speranza li conforta mai,
non che di posa, ma di minor pena.
E come i gru van cantando lor lai,
faccendo in aere di sé lunga riga,
cosí vid' io venir, traendo guai,
ombre portate da la detta briga;
per ch'i' dissi: «Maestro, chi son quelle
genti che l'aura nera sí gastiga?».
«La prima di color di cui novelle
tu vuo' saper», mi disse quelli allotta,
«fu imperadrice di molte favelle.
A vizio di lussuria fu sí rotta,
che libito fé licito in sua legge,
per tòrre il biasmo in che era condotta.
Ell' è Semiramís, di cui si legge
che succedette a Nino e fu sua sposa:
tenne la terra che 'l Soldan corregge.
L'altra è colei che s'ancise amorosa,
e ruppe fede al cener di Sicheo;
poi è Cleopatràs lussurïosa.
Elena vedi, per cui tanto reo
tempo si volse, e vedi 'l grande Achille,
che con amore al fine combatteo.
Vedi París, Tristano»; e piú di mille
ombre mostrommi e nominommi a dito,
ch'amor di nostra vita dipartille.
Poscia ch'io ebbi 'l mio dottore udito
nomar le donne antiche e ' cavalieri,
pietà mi giunse, e fui quasi smarrito.

I' cominciai: «Poeta, volontieri
parlerei a quei due che 'nsieme vanno,
e paion sí al vento esser leggeri».
Ed elli a me: «Vedrai quando saranno
piú presso a noi; e tu allor li priega
per quello amor che i mena, ed ei verranno».
Sí tosto come il vento a noi li piega,
mossi la voce:«O anime affannate,
venite a noi parlar, s'altri nol niega! ».
Quali colombe dal disio chiamate
con l'ali alzate e ferme al dolce nido
vegnon per l'aere, dal voler portate;
cotali uscir de la schiera ov' è Dido,
a noi venendo per l'aere maligno,
sí forte fu l'affettüoso grido.
«O animal grazïoso e benigno
che visitando vai per l'aere perso
noi che tignemmo il mondo di sanguigno,
se fosse amico il re de l'universo,
noi pregheremmo lui de la tua pace,
poi c'hai pietà del nostro mal perverso.
Di quel che udire e che parlar vi piace,
noi udiremo e parleremo a voi,
mentre che 'l vento, come fa, ci tace.
Siede la terra dove nata fui
su la marina dove 'l Po discende
per aver pace co' seguaci sui.
Amor, ch'al cor gentil ratto s'apprende,
prese costui de Ia bella persona
che mi fu tolta; e 'l modo ancor m'offende.
Amor, ch'a nuIlo amato amar perdona,
mi prese del costui piacer sí forte,
che, come vedi, ancor non m'abbandona.
Amor condusse noi ad una morte.
Caina attende chi a vita ci spense».
Queste parole da lor ci fuor porte.
Quand' io intesi quell' anime offense,
china' il viso, e tanto il tenni basso,
fin che 'l poeta mi disse: «Che pense?».
Quando rispuosi, cominciai: «Oh lasso,
quanti dolci pensier, quanto disio
menò costoro al doloroso passo! ».

Poi mi rivolsi a loro e parla' io,
e cominciai: «Francesca, i tuoi martíri
117 a lagrimar mi fanno tristo e pio.
Ma dimmi: al tempo d'i dolci sospiri,
a che e come concedette amore
120 che conosceste i dubbiosi disiri?».
E quella a me: «Nessun maggior dolore
che ricordarsi del tempo felice
123 ne la miseria; e ciò sa 'l tuo dottore.
Ma s'a conoscer la prima radice
del nostro amor tu hai cotanto affetto,
126 dirò come colui che piange e dice.
Noi leggiavamo un giorno per diletto
di Lancialotto come amor lo strinse;
129 soli eravamo e sanza alcun sospetto.
Per piú fïate li occhi ci sospinse
quella lettura, e scolorocci il viso;
132 ma solo un punto fu quel che ci vinse.
Quando leggemmo il disïato riso
esser basciato da cotanto amante,
135 questi, che mai da me non fia diviso,
la bocca mi basciò tutto tremante.
Galeotto fu 'l libro e chi lo scrisse:
138 quel giorno piú non vi leggemmo avante».
Mentre che l'uno spirto questo disse,
l'altro piangëa; sí che di pietade
io venni men cosí com' io morisse.
142 E caddi come corpo morto cade.

CANTO X

(Canto decimo, ove tratta del sesto cerchio de l'inferno e de la pena de li eretici, e in forma d'indovinare in persona di messer Farinata predice molte cose e di quelle che avvennero a Dante, e solve una questione.)

Ora sen va per un secreto calle,
tra 'l muro de la terra e li martíri,
lo mio maestro, e io dopo le spalle.
«O virtú somma, che per li empi giri
mi volvi», cominciai, «com' a te piace,
parlami, e sodisfammi a' miei disiri.
La gente che per li sepolcri giace
potrebbesi veder? già son levati
tutt' i coperchi, e nessun guardia face».
E quelli a me: «Tutti saran serrati
quando di Iosafàt qui torneranno
coi corpi che là sú hanno lasciati.
Suo cimitero da questa parte hanno
con Epicuro tutti suoi seguaci,
che l'anima col corpo morta fanno.
Però a la dimanda che mi faci
quinc' entro satisfatto sarà tosto,
e al disio ancor che tu mi taci».
E io: «Buon duca, non tegno riposto
a te mio cuor se non per dicer poco,
e tu m'hai non pur mo a ciò disposto».
«O Tosco che per la città del foco
vivo ten vai cosí parlando onesto,
piacciati di restare in questo loco.
La tua loquela ti fa manifesto
di quella nobil patrïa natio,
a la qual forse fui troppo molesto».

Subitamente questo suono uscío
d'una de l'arche; però m'accostai,
temendo, un poco piú al duca mio.
Ed el mi disse: «Volgiti! Che fai?
Vedi là Farinata che s'è dritto:
da la cintola in sú tutto 'l vedrai».
Io avea già il mio viso nel suo fitto;
ed el s'ergea col petto e con la fronte
com' avesse l'inferno a gran dispitto.
E l'animose man del duca e pronte
mi pinser tra le sepulture a lui,
dicendo: «Le parole tue sien conte».
Com' io al piè de la sua tomba fui,
guardommi un poco, e poi, quasi sdegnoso,
mi dimandò: «Chi fuor li maggior tui?».
Io ch'era d'ubidir disideroso,
non gliel celai, ma tutto gliel' apersi;
ond' ei levò le ciglia un poco in suso;
poi disse: «Fieramente furo avversi
a me e a miei primi e a mia parte,
sí che per due fïate li dispersi».
«S'ei fur cacciati, ei tornar d'ogne parte»,
rispuos' io lui, «l'una e l'altra fïata;
ma i vostri non appreser ben quell'arte».
Allor surse a la vista scoperchiata
un'ombra, lungo questa, infino al mento:
credo che s'era in ginocchie levata.
Dintorno mi guardò, come talento
avesse di veder s'altri era meco;
e poi che 'l sospecciar fu tutto spento,
piangendo disse: «Se per questo cieco
carcere vai per altezza d'ingegno,
mio figlio ov' è? e perché non è teco?».
E io a lui: «Da me stesso non vegno:
colui ch'attende là, per qui mi mena
forse cui Guido vostro ebbe a disdegno».
Le sue parole e 'l modo de la pena
m'avean di costui già letto il nome;
però fu la risposta cosí piena.
Di súbito drizzato gridò: «Come?
dicesti "elli ebbe"? non viv' elli ancora?
non fiere li occhi suoi lo dolce lume? ».

Quando s'accorse d'alcuna dimora
ch'io facëa dinanzi a la risposta,
72 supin ricadde e piú non parve fora.
Ma quell' altro magnanimo, a cui posta
restato m'era, non mutò aspetto,
75 né mosse collo, né piegò sua costa;
e sé continüando al primo detto,
«S'elli han quell' arte», disse, «male appresa,
78 ciò mi tormenta piú che questo letto.
Ma non cinquanta volte fia raccesa
la faccia de la donna che qui regge,
81 che tu saprai quanto quell' arte pesa.
E se tu mai nel dolce mondo regge,
dimmi: perché quel popolo è sí empio
84 incontr' a' miei in ciascuna sua legge?».
Ond' io a lui: « Lo strazio e 'l grande scempio
che fece l'Arbia colorata in rosso,
87 tal orazion fa far nel nostro tempio».
Poi ch'ebbe sospirando il capo mosso,
«A ciò non fu' io sol», disse, «né certo
90 sanza cagion con li altri sarei mosso.
Ma fu' io solo, là dove sofferto
fu per ciascun di tòrre via Fiorenza,
93 colui che la difesi a viso aperto».
«Deh, se riposi mai vostra semenza»,
prega' io lui, «solvetemi quel nodo
96 che qui ha 'nviluppata mia sentenza.
El par che voi veggiate, se ben odo,
dinanzi quel che 'l tempo seco adduce,
99 e nel presente tenete altro modo» .
«Noi veggiam, come quei c'ha mala luce,
le cose», disse, «che ne son lontano;
12 cotanto ancor ne splende il sommo duce
Quando s'appressano o son, tutto è vano
nostro intelletto; e s'altri non ci apporta,
105 nulla sapem di vostro stato umano.
Però comprender puoi che tutta morta
fia nostra conoscenza da quel punto
108 che del futuro fia chiusa la porta».
Allor, come di mia colpa compunto,
dissi: «Or direte dunque a quel caduto
111 che 'l suo nato è co' vivi ancor congiunto;

e s'i' fui, dianzi, a la risposta muto,
fate i saper che 'l fei perché pensava
già ne l'error che m'avete soluto».
E già 'l maestro mio mi richiamava;
per ch'i' pregai lo spirto piú avaccio
che mi dicesse chi con lu' istava.
Dissemi: «Qui con piú di mille giaccio:
qua dentro è 'l secondo Federico
e 'l Cardinale; e de li altri mi taccio».
Indi s'ascose; e io inver' l'antico
poeta volsi i passi, ripensando
a quel parlar che mi parea nemico.
Elli si mosse; e poi, cosí andando,
mi disse: «Perché se' tu sí smarrito?».
E io li sodisfeci al suo dimando.
«La mente tua conservi quel ch'udito
hai contra te», mi comandò quel saggio;
«e ora attendi qui», e drizzò 'l dito:
«quando sarai dinanzi al dolce raggio
di quella il cui bell' occhio tutto vede,
da lei saprai di tua vita il vïaggio».
Appresso mosse a man sinistra il piede:
lasciammo il muro e gimmo inver' lo mezzo
per un sentier ch'a una valle fiede,
che 'nfin là sú facea spiacer suo lezzo.

CANTO XIII

(Canto XIII, ove tratta de l'esenzia del secondo girone ch'è nel settimo circulo, dove punisce coloro ch'ebbero contra sé medesimi violenta mano, ovvero non uccidendo sé ma guastando i loro beni.)

Non era ancor di là Nesso arrivato,
quando noi ci mettemmo per un bosco
che da neun sentiero era segnato.
Non fronda verde, ma di color fosco;
non rami schietti, ma nodosi e 'nvolti;
non pomi v'eran, ma stecchi con tòsco.
Non han sí aspri sterpi né sí folti
quelle fiere selvagge che 'n odio hanno
tra Cecina e Corneto i luoghi cólti.
Quivi le brutte Arpie lor nidi fanno,
che cacciar de le Strofade i Troiani
con tristo annunzio di futuro danno.
Ali hanno late, e colli e visi umani,
piè con artigli, e pennuto 'l gran ventre;
fanno lamenti in su li alberi strani.
E 'l buon maestro «Prima che piú entre,
sappi che se' nel secondo girone»,
mi cominciò a dire, «e sarai mentre
che tu verrai ne l'orribil sabbione.
Però riguarda ben; sí vederai
cose che torrien fede al mio sermone».
Io sentia d'ogne parte trarre guai
e non vedea persona che 'l facesse;
per ch'ïo tutto smarrito m'arrestai.
Cred' io ch'ei credette ch'io credesse
che tante voci uscisser, tra quei bronchi,
da gente che per noi si nascondesse.

Però disse 'l maestro: «Se tu tronchi
qualche fraschetta d'una d'este piante,
li pensier c'hai si faran tutti monchi».

Allor porsi la mano un poco avante
e colsi un ramicel da un gran pruno;
e 'l tronco suo gridò: «Perché mi schiante?».

Da che fatto fu poi di sangue bruno,
ricominciò a dir: «Perché mi scerpi?
non hai tu spirto di pietade alcuno?

Uomini fummo, e or siam fatti sterpi:
ben dovrebb' esser la tua man piú pia,
se state fossimo anime di serpi».

Come d'un stizzo verde ch'arso sia
da l'un de' capi, che da l'altro geme
e cigola per vento che va via,

sí de la scheggia rotta usciva insieme
parole e sangue; ond' io lasciai la cima
cadere, e stetti come l'uom che teme.

«S'elli avesse potuto creder prima»,
rispuose 'l savio mio, «anima lesa,
ciò c'ha veduto pur con la mia rima,

non averebbe in te la man distesa;
ma la cosa incredibile mi fece
indurlo ad ovra ch'a me stesso pesa.

Ma dilli chi tu fosti, sí che 'n vece
d'alcun' ammenda tua fama rinfreschi
nel mondo sú, dove tornar li lece».

E 'l tronco: «Sí col dolce dir m'adeschi,
ch'i' non posso tacere; e voi non gravi
perch' ïo un poco a ragionar m'inveschi.

Io son colui che tenni ambo le chiavi
del cor di Federigo, e che le volsi,
serrando e diserrando, sí soavi,

che dal secreto suo quasi ogn' uom tolsi;
fede portai al glorïoso offizio,
tanto ch'i' ne perde' li sonni e ' polsi.

La meretrice che mai da l'ospizio
di Cesare non torse li occhi putti,
morte comune e de le corti vizio,

infiammò contra me li animi tutti;
e li 'nfiammati infiammar sí Augusto,
che ' lieti onor tornaro in tristi lutti.

L'animo mio, per disdegnoso gusto,
credendo col morir fuggir disdegno,
ingiusto fece me contra me giusto

Per le nove radici d'esto legno
vi giuro che già mai non ruppi fede
al mio segnor, che fu d'onor sí degno.

E se di voi alcun nel mondo riede,
conforti Ia memoria mia, che giace
ancor del colpo che 'nvidia le diede».

Un poco attese, e poi «Da ch'el si tace»,
disse 'l poeta a me, «non perder l'ora;
ma parla, e chiedi a lui, se piú ti piace».

Ond' ïo a lui: «Domandal tu ancora
di quel che credi ch'a me satisfaccia;
ch'i' non potrei, tanta pietà m'accora».

Perciò ricominciò: «Se l'om ti faccia
liberamente ciò che 'l tuo dir priega,
spirito incarcerato, ancor ti piaccia

di dirne come l'anima si lega
in questi nocchi; e dinne, se tu puoi,
s'alcuna mai di tai membra si spiega».

Allor soffiò il tronco forte, e poi
si convertí quel vento in cotal voce:
«Brievemente sarà risposto a voi.

Quando si parte l'anima feroce
dal corpo ond' ella stessa s'è disvelta,
Minòs la manda a la settima foce.

Cade in la selva, e non l'è parte scelta;
ma là dove fortuna la balestra,
quivi germoglia come gran di spelta.

Surge in vermena e in pianta silvestra:
l'Arpie, pascendo poi de le sue foglie,
fanno dolore, e al dolor fenestra.

Come l'altre verrem per nostre spoglie,
ma non però ch'alcuna sen rivesta,
ché non è giusto aver ciò ch'om si toglie.

Qui le strascineremo, e per la mesta
selva saranno i nostri corpi appesi,
ciascuno al prun de l'ombra sua molesta».

Noi eravamo ancora al tronco attesi,
credendo ch'altro ne volesse dire,
quando noi fummo d'un romor sorpresi,

similemente a colui che venire
sente 'l porco e la caccia a la sua posta,
ch'ode le bestie, e le frasche stormire.
Ed ecco due da la sinistra costa,
nudi e graffiati, fuggendo sí forte,
che de la selva rompieno ogne rosta.
Quel dinanzi: «Or accorri, accorri, morte! ».
E l'altro, cui pareva tardar troppo,
gridava: «Lano, sí non furo accorte
le gambe tue a le giostre dal Toppo! ».
E poi che forse li fallia la lena,
di sé e d'un cespuglio fece un groppo.
Di rietro a loro era la selva piena
di nere cagne, bramose e correnti
come veltri ch'uscisser di catena.
In quel che s'appiattò miser li denti,
e quel dilaceraro a brano a brano;
poi sen portar quelle membra dolenti.
Presemi allor la mia scorta per mano,
e menommi al cespuglio che piangea
per le rotture sanguinenti in vano.
«O Iacopo», dicea, «da Santo Andrea,
che t'è giovato di me fare schermo?
che colpa ho io de la tua vita rea?».
Quando 'l maestro fu sovr' esso fermo,
disse: «Chi fosti, che per tante punte
soffi con sangue doloroso sermo?».
Ed elli a noi: «O anime che giunte
siete a veder lo strazio disonesto
c'ha le mie fronde sí da me disgiunte,
raccoglietele al piè del tristo cesto.
I' fui de la città che nel Batista
mutò 'l primo padrone; ond' ei per questo
sempre con l'arte sua la farà trista;
e se non fosse che 'n sul passo d'Arno
rimane ancor di lui alcuna vista,
que' cittadin che poi la rifondarno
sovra 'l cener che d'Attila rimase,
avrebber fatto lavorare indarno.
Io fei gibetto a me de le mie case».

CANTO XV

(Canto XV, ove tratta di quello medesimo girone e di quello medesimo cerchio; e qui sono puniti coloro che fanno forza ne la deitade, spregiando natura e sua bontade, sí come sono li soddomiti.)

Ora cen porta l'un de' duri margini;
e 'l fummo del ruscel di sopra aduggia,
sí che dal foco salva l'acqua e li argini.
Quali Fiamminghi tra Guizzante e Bruggia,
temendo 'l fiotto che 'nver' lor s'avventa,
fanno lo schermo perché 'l mar si fuggia;
e quali Padoan lungo la Brenta,
per difender lor ville e lor castelli,
anzi che Carentana il caldo senta:
a tale imagine eran fatti quelli,
tutto che né sí alti né sí grossi,
qual che si fosse, lo maestro félli.
Già eravam da la selva rimossi
tanto, ch'i' non avrei visto dov' era,
perch' io in dietro rivolto mi fossi,
quando incontrammo d'anime una schiera
che venian lungo l'argine, e ciascuna
ci riguardava come suol da sera
guardare uno altro sotto nuova luna;
e sí ver' noi aguzzavan le ciglia
come 'l vecchio sartor fa ne la cruna.
Cosí adocchiato da cotal famiglia,
fui conosciuto da un, che mi prese
per lo lembo e gridò: «Qual maraviglia!».
E io, quando 'l suo braccio a me distese,
ficcaï li occhi per lo cotto aspetto,
sí che 'l viso abbrusciato non difese

la conoscenza süa al mio 'ntelletto;
e chinando la mano a la sua faccia,
30 rispuosi: «Siete voi qui, ser Brunetto?».
E quelli: « O figliuol mio, non ti dispiaccia
se Brunetto Latino un poco teco
33 ritorna 'n dietro e lascia andar la traccia».
I' dissi lui: «Quanto posso, ven preco;
e se volete che con voi m'asseggia,
36 faròl, se piace a costui che vo seco».
«O figliuol», disse, «qual di questa greggia
s'arresta punto, giace poi cent' anni
39 sanz' arrostarsi quando 'l foco il feggia.
Però va oltre: i' ti verrò a' panni;
e poi rigiugnerò la mia masnada,
42 che va piangendo i suoi etterni danni».
Io non osava scender de la strada
per andar par di lui; ma 'l capo chino
45 tenea com' uom che reverente vada.
El cominciò: «Qual fortuna o destino
anzi l'ultimo dí qua giú ti mena?
48 e chi è questi che mostra 'l cammino?».
«Là sú di sopra, in la vita serena»,
rispuos' io lui, «mi smarri' in una valle,
51 avanti che l'età mia fosse piena.
Pur ier mattina le volsi le spalle:
questi m'apparve, tornand' ïo in quella,
54 e reducemi a ca per questo calle».
Ed elli a me: «Se tu segui tua stella,
non puoi fallire a glorïoso porto,
57 se ben m'accorsi ne la vita bella;
e s'io non fossi sí per tempo morto,
veggendo il cielo a te cosí benigno,
60 dato t'avrei a l'opera conforto.
Ma quello ingrato popolo maligno
che discese di Fiesole *ab* antico,
63 e tiene ancor del monte e del macigno,
ti si farà, per tuo ben far, nimico;
ed è ragion, ché tra li lazzi sorbi
66 si disconvien fruttare al dolce fico.
Vecchia fama nel mondo li chiama orbi;
gent' è avara, invidiosa e superba:
69 dai lor costumi fa che tu ti forbi.

La tua fortuna tanto onor ti serba,
che l'una parte e l'altra avranno fame
di te; ma lungi fia dal becco l'erba.
Faccian le bestie fiesolane strame
di lor medesme, e non tocchin la pianta,
s'alcuna surge ancora in lor letame,
in cui riviva la sementa santa
di que' Roman che vi rimaser quando
fu fatto il nido di malizia tanta».
«Se fosse tutto pieno il mio dimando»,
rispuos' io lui, «voi non sareste ancora
de l'umana natura posto in bando;
ché 'n la mente m'è fitta, e or m'accora,
la cara e buona imagine paterna
di voi quando nel mondo ad ora ad ora
m'insegnavate come l'uom s'etterna:
e quant' io l'abbia in grado, mentr' io vivo
convien che ne la mia lingua si scerna.
Ciò che narrate di mio corso scrivo,
e serbolo a chiosar con altro testo
a donna che saprà, s'a lei arrivo.
Tanto vogl' io che vi sia manifesto,
pur che mia coscïenza non mi garra,
ch'a la Fortuna, come vuol, son presto.
Non è nuova a li orecchi miei tal arra:
però giri Fortuna la sua rota
come le piace, e 'l villan la sua marra».
Lo mio maestro allora in su la gota
destra si volse in dietro e riguardommi;
poi disse: «Bene ascolta chi la nota».
Né per tanto di men parlando vommi
con ser Brunetto, e dimando chi sono
li suoi compagni piú noti e piú sommi.
Ed elli a me: «Saper d'alcuno è buono;
de li altri fia laudabile tacerci,
ché 'l tempo saria corto a tanto suono.
In somma sappi che tutti fur cherci
e litterati grandi e di gran fama,
d'un peccato medesmo al mondo lerci.
Priscian sen va con quella turba grama,
e Francesco d'Accorso anche; e vedervi,
s'avessi avuto di tal tigna brama,

colui potei che dal servo de' servi
fu trasmutato d'Arno in Bacchiglione,
114 dove lasciò li mal protesi nervi.
Di piú direi; ma 'l venire e 'l sermone
piú lungo esser non può, però ch'i' veggio
117 là surger nuovo fummo del sabbione.
Gente vien con la quale esser non deggio.
Sieti raccomandato il mio Tesoro,
120 nel qual io vivo ancora, e piú non cheggio».
Poi si rivolse, e parve di coloro
che corrono a Verona il drappo verde
per la campagna; e parve di costoro
124 quelli che vince, non colui che perde.

CANTO XVIII

(Canto XVIII, ove si descrive come è fatto il luogo di Malebolge e tratta de' ruffiani e ingannatori e lusinghieri, ove dinomina in questa setta messer Venedico Caccianemico da Bologna e Giasone greco e Alessio de li Interminelli da Lucca, e tratta come sono state loro pene.)

Luogo è in inferno detto Malebolge,
tutto di pietra di color ferrigno,
come la cerchia che dintorno il volge.
Nel dritto mezzo del campo maligno
vaneggia un pozzo assai largo e profondo,
di cui *suo loco* dicerò l'ordigno.
Quel cinghio che rimane adunque è tondo
tra 'l pozzo e 'l piè de l'alta ripa dura,
e ha distinto in dieci valli il fondo.
Quale, dove per guardia de le mura
piú e piú fossi cingon li castelli,
la parte dove son rende figura,
tale imagine quivi facean quelli;
e come a tai fortezze da' lor sogli
a la ripa di fuor son ponticelli,
cosí da imo de la roccia scogli
movien che ricidien li argini e ' fossi
infino al pozzo che i tronca e raccogli.
In questo luogo, de la schiena scossi
di Gerïon, trovammoci; e 'l poeta
tenne a sinistra, e io dietro mi mossi.
A la man destra vidi nova pieta,
novo tormento e novi frustatori,
di che la prima bolgia era repleta
Nel fondo erano ignudi i peccatori;
dal mezzo in qua ci venien verso 'l volto,
di là con noi, ma con passi maggiori,

come i Roman per l'essercito molto,
l'anno del giubileo, su per lo ponte
hanno a passar la gente modo colto,

che da l'un lato tutti hanno la fronte
verso 'l castello e vanno a Santo Pietro,
da l'altra sponda vanno verso 'l monte.

Di qua, di là, su per lo sasso tetro
vidi demon cornuti con gran ferze,
che li battien crudelmente di retro.

Ahi come facean lor levar le berze
a le prime percosse! già nessuno
le seconde aspettava né le terze.

Mentr' io andava, li occhi miei in uno
furo scontrati; e io sí tosto dissi:
«Già di veder costui non son digiuno».

Per ch'ïo a figurarlo i piedi affissi;
e 'l dolce duca meco si ristette,
e assentio ch'alquanto in dietro gissi.

E quel frustato celar si credette
bassando 'l viso; ma poco li valse,
ch'io dissi: «O tu che l'occhio a terra gette,

se le fazion che porti non son false,
Venedico se' tu Caccianemico.
Ma che ti mena a sí pungenti salse?».

Ed elli a me: «Mal volontier lo dico;
ma sforzami la tua chiara favella,
che mi fa sovvenir del mondo antico.

I' fui colui che la Ghisolabella
condussi a far la voglia del marchese,
come che suoni la sconcia novella.

E non pur io qui piango bolognese;
anzi n'è questo loco tanto pieno,
che tante lingue non son ora apprese

a dicer 'sipa' tra Sàvena e Reno;
e se di ciò vuoi fede o testimonio,
rècati a mente il nostro avaro seno».

Cosí parlando il percosse un demonio
de la sua scurïada, e disse: « Via,
ruffian! qui non son femmine da conio».

I' mi raggiunsi con la scorta mia;
poscia con pochi passi divenimmo
là 'v' uno scoglio de la ripa uscia.

Assai leggeramente quel salimmo;
e vòlti a destra su per la sua scheggia,
da quelle cerchie etterne ci partimmo.
Quando noi fummo là dov' el vaneggia
di sotto per dar passo a li sferzati,
lo duca disse: «Attienti, e fa che feggia
lo viso in te di quest' altri mal nati,
ai quali ancor non vedesti la faccia
però che son con noi insieme andati».
Del vecchio ponte guardavam la traccia
che venía verso noi da l'altra banda,
e che la ferza similmente scaccia.
E 'l buon maestro, sanza mia dimanda,
mi disse: «Guarda quel grande che vene,
e per dolor non par lagrime spanda:
quanto aspetto reale ancor ritene !
Quelli è Iasón, che per cuore e per senno
li Colchi del monton privati féne.
Ello passò per l'isola di Lenno
poi che l'ardite femmine spietate
tutti li maschi loro a morte dienno
Ivi con segni e con parole ornate
Isifile ingannò, la giovinetta
che prima avea tutte l'altre ingannate.
Lasciolla quivi, gravida, soletta;
tal colpa a tal martiro lui condanna;
e anche di Medea si fa vendetta.
Con lui sen va chi da tal parte inganna;
e questo basti de la prima valle
sapere e di color che 'n sé assanna».
Già eravam là 've lo stretto calle
con l'argine secondo s'incrocicchia,
e fa di quello ad un altr' arco spalle.
Quindi sentimmo gente che si nicchia
ne l'altra bolgia e che col muso scuffa,
e sé medesma con le palme picchia.
Le ripe eran grommate d'una muffa,
per l'alito di giú che vi s'appasta,
che con li occhi e col naso facea zuffa.
Lo fondo è cupo sí, che non ci basta
loco a veder sanza montare al dosso
de l'arco, ove lo scoglio piú sovrasta.

Quivi venimmo; e quindi giú nel fosso
vidi gente attuffata in uno sterco
che da li uman privadi parea mosso.

E mentre ch'io là giú con l'occhio cerco
vidi un col capo sí di merda lordo
che non parëa s'era laico o cherco.

Quei mi sgridò: «Perché se' tu sí gordo
di riguardar piú me che li altri brutti?».
E io a lui:«Perché, se ben ricordo,

già t'ho veduto coi capelli asciutti,
e se' Alessio Interminei da Lucca:
però t'adocchio piú che li altri tutti».

Ed elli allor, battendosi la zucca:
«Qua giú m'hanno sommerso le lusinghe
ond' io non ebbi mai la lingua stucca».

Appresso ciò lo duca «Fa che pinghe»,
mi disse, «il viso un poco piú avante,
sí che la faccia ben con l'occhio attinghe

di quella sozza e scapigliata fante
che là si graffia con l'unghie merdose,
e or s'accoscia e ora è in piedi stante.

Taïde è, la puttana che rispuose
al drudo suo quando disse "Ho io grazie
grandi apo te?": "Anzi maravigliose!".

E quinci sian le nostre viste sazie».

CANTO XXIV

(Canto XXIV, nel quale tratta de le pene che puniscono li furti, dove trattando de' ladroni sgrida contro a' Pistolesi sotto il vocabulo di Vanni Fucci, per la cui lingua antidice del tempo futuro; ed è la settima bolgia.)

In quella parte del giovanetto anno
che 'l sole i crin sotto l'Aquario tempra
e già le notti al mezzo dí sen vanno,
quando la brina in su la terra assempra
l'imagine di sua sorella bianca,
ma poco dura a la sua penna tempra,
lo villanello a cui la roba manca,
si leva, e guarda, e vede la campagna
biancheggiar tutta; ond' ei si batte l'anca,
ritorna in casa, e qua e là si lagna,
come 'l tapin che non sa che si faccia;
poi riede, e la speranza ringavagna,
veggendo 'l mondo aver cangiata faccia
in poco d'ora, e prende suo vincastro
e fuor le pecorelle a pascer caccia.
Cosí mi fece sbigottir lo mastro
quand' io li vidi sí turbar la fronte,
e cosí tosto al mal giunse lo 'mpiastro;
ché, come noi venimmo al guasto ponte,
lo duca a me si volse con quel piglio
dolce ch'io vidi prima a piè del monte.
Le braccia aperse, dopo alcun consiglio
eletto seco riguardando prima
ben la ruina, e diedemi di piglio.
E come quei ch'adopera ed estima,
che sempre par che 'nnanzi si proveggia,
cosí, levando me sú ver' la cima

d'un ronchione, avvisava un'altra scheggia
dicendo: «Sovra quella poi t'aggrappa;
ma tenta pria s'è tal ch'ella ti reggia».

Non era via da vestito di cappa,
ché noi a pena, ei lieve e io sospinto,
potavam sú montar di chiappa in chiappa.

E se non fosse che da quel precinto
piú che da l'altro era la costa corta,
non so di lui, ma io sarei ben vinto.

Ma perché Malebolge inver' la porta
del bassissimo pozzo tutta pende,
lo sito di ciascuna valle porta

che l'una costa surge e l'altra scende;
noi pur venimmo al fine in su la punta
onde l'ultima pietra si scoscende.

La lena m'era del polmon sí munta
quand' io fui sú, ch'i' non potea piú oltre,
anzi m'assisi ne la prima giunta.

«Omai convien che tu cosí ti spoltre»,
disse 'l maestro; «ché, seggendo in piuma,
in fama non si vien, né sotto coltre;

sanza la qual chi sua vita consuma,
cotal vestigio in terra di sé lascia,
qual fummo in aere e in acqua la schiuma.

E però leva sú; vinci l'ambascia
con l'animo che vince ogne battaglia,
se col suo grave corpo non s'accascia.

Piú lunga scala convien che si saglia;
non basta da costoro esser partito.
Se tu mi 'ntendi, or fa sí che ti vaglia».

Leva'mi allor, mostrandomi fornito
meglio di lena ch'i' non mi sentia,
e dissi: «Va, ch'i' son forte e ardito».

Su per lo scoglio prendemmo la via,
ch'era ronchioso, stretto e malagevole,
ed erto piú assai che quel di pria.

Parlando andava per non parer fievole;
onde una voce uscí de l'altro fosso,
a parole formar disconvenevole.

Non so che disse, ancor che sovra 'l dosso
fossi de l'arco già che varca quivi;
ma chi parlava ad ire parea mosso.

Io era vòlto in giú, ma li occhi vivi
non poteano ire al fondo per lo scuro;
per ch'io: «Maestro, fa che tu arrivi
da l'altro cinghio e dismontiam lo muro;
ché, com' i' odo quinci e non intendo,
cosí giú veggio e neente affiguro».
«Altra risposta», disse, «non ti rendo
se non lo far; ché la dimanda onesta
si de' seguir con l'opera tacendo».
Noi discendemmo il ponte da la testa
dove s'aggiugne con l'ottava ripa,
e poi mi fu la bolgia manifesta:
e vidivi entro terribile stipa
di serpenti, e di sí diversa mena
che la memoria il sangue ancor mi scipa.
Piú non si vanti Libia con sua rena;
ché se chelidri, iaculi e faree
produce, e cencri con anfisibena,
né tante pestilenzie né sí ree
mostrò già mai con tutta l'Etïopia
né con ciò che di sopra al Mar Rosso èe.
Tra questa cruda e tristissima copia
corrëan genti nude e spaventate,
sanza sperar pertugio o elitropia:
con serpi le man dietro avean legate;
quelle ficcavan per le ren la coda
e 'l capo, ed eran dinanzi aggroppate.
Ed ecco a un ch'era da nostra proda,
s'avventò un serpente che 'l trafisse
là dove 'l collo a le spalle s'annoda.
Né O sí tosto mai né I si scrisse,
com' el s'accese e arse, e cener tutto
convenne che cascando divenisse;
e poi che fu a terra sí distrutto,
la polver si raccolse per sé stessa
e 'n quel medesmo ritornò di butto.
Cosí per li gran savi si confessa
che la fenice more e poi rinasce,
quando al cinquecentesimo anno appressa;
erba né biado in sua vita non pasce,
ma sol d'incenso lagrime e d'amomo,
e nardo e mirra son l'ultime fasce.

E qual è quel che cade, e non sa como,
per forza di demon ch'a terra il tira,
o d'altra oppilazion che lega l'omo,
quando si leva, che 'ntorno si mira
tutto smarrito de la grande angoscia
ch'elli ha sofferta, e guardando sospira:
tal era 'l peccator levato poscia.
Oh potenza di Dio, quant' è severa,
che cotai colpi per vendetta croscia!
Lo duca il domandò poi chi ello era;
per ch'ei rispuose: «Io piovvi di Toscana,
poco tempo è, in questa gola fiera.
Vita bestial mi piacque e non umana,
sí come a mul ch'i' fui; son Vanni Fucci
bestia, e Pistoia mi fu degna tana».
E ïo al duca: «Dilli che non mucci,
e domanda che colpa qua giú 'l pinse;
ch'io 'l vidi omo di sangue e di crucci».
E 'l peccator, che 'ntese, non s'infinse,
ma drizzò verso me l'animo e 'l volto,
e di trista vergogna si dipinse;
poi disse: «Piú mi duol che tu m'hai colto
ne la miseria dove tu mi vedi,
che quando fui de l'altra vita tolto.
Io non posso negar quel che tu chiedi;
in giú son messo tanto perch' io fui
ladro a la sagrestia d'i belli arredi,
e falsamente già fu apposto altrui.
Ma perché di tal vista tu non godi,
se mai sarai di fuor da' luoghi bui,
apri li orecchi al mio annunzio, e odi.
Pistoia in pria d'i Neri si dimagra;
poi Fiorenza rinova gente e modi.
Tragge Marte vapor di Val di Magra
ch'è di torbidi nuvoli involuto;
e con tempesta impetüosa e agra
sovra Campo Picen fia combattuto;
ond' ei repente spezzerà la nebbia,
sí ch'ogne Bianco ne sarà feruto.
E detto l'ho perché doler ti debbia! ».

CANTO XXVI

(Canto XXVI, nel quale si tratta de l'ottava bolgia contro a quelli che mettono aguati e danno frodolenti consigli; e in prima sgrida contro a' fiorentini e tacitamente predice del futuro e in persona d'Ulisse e Diomedes pone loro pene.)

Godi, Fiorenza, poi che se' sí grande
che per mare e per terra batti l'ali,
e per lo 'nferno tuo nome si spande!
Tra li ladron trovai cinque cotali
tuoi cittadini onde mi ven vergogna,
e tu in grande orranza non ne sali.
Ma se presso al mattin del ver si sogna,
tu sentirai, di qua da picciol tempo,
di quel che Prato, non ch'altri, t'agogna.
E se già fosse, non saria per tempo.
Cosí foss' ei, da che pur esser dee!
ché piú mi graverà, com' piú m'attempo.
Noi ci partimmo, e su per le scalee
che n'avea fatto iborni a scender pria,
rimontò 'l duca mio e trasse mee;
e proseguendo la solinga via,
tra le schegge e tra ' rocchi de lo scoglio
lo piè sanza la man non si spedia.
Allor mi dolsi, e ora mi ridoglio
quando drizzo la mente a ciò ch'io vidi,
e piú lo 'ngegno affreno ch'i' non soglio,
perché non corra che virtú nol guidi;
sí che, se stella bona o miglior cosa
m'ha dato 'l ben, ch'io stessi nol m'invidi.
Quante 'l villan ch'al poggio si riposa,
nel tempo che colui che 'l mondo schiara
la faccia sua a noi tien meno ascosa,

come la mosca cede a la zanzara,
vede lucciole giú per la vallea,
forse colà dov' e' vendemmia e ara:
di tante fiamme tutta risplendea
l'ottava bolgia, sí com' io m'accorsi
tosto che fui là 've 'l fondo parea.
E qual colui che si vengiò con li orsi
vide 'l carro d'Elia al dipartire,
quando i cavalli al cielo erti levorsi,
che nol potea sí con li occhi seguire,
ch'el vedesse altro che la fiamma sola,
sí come nuvoletta, in sú salíre:
tal si move ciascuna per la gola
del fosso, ché nessuna mostra 'l furto,
e ogne fiamma un peccatore invola.
Io stava sovra 'l ponte a veder surto,
sí che s'io non avessi un ronchion preso,
caduto sarei giú sanz' esser urto.
E 'l duca, che mi vide tanto atteso,
disse: «Dentro dai fuochi son li spirti;
catun si fascia di quel ch'elli è inceso».
«Maestro mio», rispuos' io, «per udirti
son io piú certo; ma già m'era avviso
che cosí fosse, e già voleva dirti:
chi è 'n quel foco che vien sí diviso
di sopra, che par surger de la pira
dov' Eteòcle col fratel fu miso?».
Rispuose a me: «Là dentro si martira
Ulisse e Dïomede, e cosí insieme
a la vendetta vanno come a l'ira;
e dentro da la lor fiamma si geme
l'agguato del caval che fé la porta
onde uscí de' Romani il gentil seme.
Piangevisi entro l'arte per che, morta,
Deïdamía ancor si duol d'Achille,
e del Palladio pena vi si porta».
«S'ei posson dentro da quelle faville
parlar», diss' io, «maestro, assai ten priego
e ripriego, che 'l priego vaglia mille,
che non mi facci de l'attender niego
fin che la fiamma cornuta qua vegna;
vedi che del disio ver' lei mi piego ! ».

Ed elli a me: «La tua preghiera è degna
di molta loda, e io però l'accetto;
ma fa che la tua lingua si sostegna.
Lascia parlare a me, ch'i' ho concetto
ciò che tu vuoi; ch'ei sarebbero schivi,
perch' e' fuor greci, forse del tuo detto».
Poi che la fiamma fu venuta quivi
dove parve al mio duca tempo e loco,
in questa forma lui parlare audivi:
«O voi che siete due dentro ad un foco,
s'io meritai di voi mentre ch'io vissi,
s'io meritai di voi assai o poco
quando nel mondo li alti versi scrissi,
non vi movete; ma l'un di voi dica
dove, per lui, perduto a morir gissi».
Lo maggior corno de la fiamma antica
cominciò a crollarsi mormorando,
pur come quella cui vento affatica;
indi la cima qua e là menando,
come fosse la lingua che parlasse,
gittò voce di fuori e disse: «Quando
mi diparti' da Circe, che sottrasse
me piú d'un anno là presso a Gaeta,
prima che sí Enëa la nomasse,
né dolcezza di figlio, né la pieta
del vecchio padre, né 'l debito amore
lo qual dovea Penelopè far lieta,
vincer potero dentro a me l'ardore
ch'i' ebbi a divenir del mondo esperto
e de li vizi umani e del valore;
ma misi me per l'alto mare aperto
sol con un legno e con quella compagna
picciola da la qual non fui diserto.
L'un lito e l'altro vidi infin la Spagna,
fin nel Morrocco, e l'isola d'i Sardi,
e l'altre che quel mare intorno bagna.
Io e ' compagni eravam vecchi e tardi
quando venimmo a quella foce stretta
dov' Ercule segnò li suoi riguardi
acciò che l'uom piú oltre non si metta;
da la man destra mi lasciai Sibilia,
da l'altra già m'avea lasciata Setta.

"O frati", dissi, "che per cento milia
perigli siete giunti a l'occidente,
a questa tanto picciola vigilia
d'i nostri sensi ch'è del rimanente
non vogliate negar l'esperïenza,
di retro al sol, del mondo sanza gente.
Considerate la vostra semenza:
fatti non foste a viver come bruti,
ma per seguir virtute e canoscenza".
Li miei compagni fec' io sí aguti,
con questa orazion picciola, al cammino,
che a pena poscia li avrei ritenuti;
e volta nostra poppa nel mattino,
de' remi facemmo ali al folle volo,
sempre acquistando dal lato mancino.
Tutte le stelle già de l'altro polo
vedea la notte, e 'l nostro tanto basso,
che non surgëa fuor del marin suolo.
Cinque volte racceso e tante casso
lo lume era di sotto da la luna,
poi che 'ntrati eravam ne l'alto passo,
quando n'apparve una montagna,
bruna per la distanza, e parvemi alta tanto
quanto veduta non avëa alcuna.
Noi ci allegrammo, e tosto tornò in pianto,
ché de la nova terra un turbo nacque
e percosse del legno il primo canto.
Tre volte il fé girar con tutte l'acque;
a la quarta levar la poppa in suso
e la prora ire in giú, com' altrui piacque,
infin che 'l mar fu sovra noi richiuso».

CANTO XXXIII

(Canto XXXIII, ove tratta di quelli che tradirono coloro che in loro tutto si fidavano, e coloro da cui erano stati promossi a dignità e grande stato; e riprende qui i Pisani e i Genovesi.)

La bocca sollevò dal fiero pasto
quel peccator, forbendola a' capelli
del capo ch'elli avea di retro guasto.
Poi cominciò: «Tu vuo' ch'io rinovelli
disperato dolor che 'l cor mi preme
già pur pensando, pria ch'io ne favelli.
Ma se le mie parole esser dien seme
che frutti infamia al traditor ch'i' rodo,
parlare e lagrimar vedrai insieme.
Io non so chi tu se' né per che modo
venuto se' qua giú; ma fiorentino
mi sembri veramente quand' io t'odo.
Tu dei saper ch'i' fui conte Ugolino,
e questi è l'arcivescovo Ruggieri:
or ti dirò perché i son tal vicino.
Che per l'effetto de' suo' mai pensieri,
fidandomi di lui, io fossi preso
e poscia morto, dir non è mestieri;
però quel che non puoi avere inteso,
cioè come la morte mia fu cruda,
udirai, e saprai s'e' m'ha offeso.
Breve pertugio dentro da la Muda,
la qual per me ha 'l titol de la fame,
e che conviene ancor ch'altrui si chiuda,
m'avea mostrato per lo suo forame
piú lune già, quand' io feci 'l mal sonno
che del futuro mi squarciò 'l velame.

Questi pareva a me maestro e donno,
cacciando il lupo e ' lupicini al monte
per che i Pisan veder Lucca non ponno.
Con cagne magre, studïose e conte
Gualandi con Sismondi e con Lanfranchi
s'avea messi dinanzi da la fronte.
In picciol corso mi parieno stanchi
lo padre e ' figli, e con l'agute scane
mi parea lor veder fender li fianchi.
Quando fui desto innanzi la dimane,
pianger senti' fra 'l sonno i miei figliuoli
ch'eran con meco, e dimandar del pane.
Ben se' crudel, se tu già non ti duoli
pensando ciò che 'l mio cor s'annunziava;
e se non piangi, di che pianger suoli?
Già eran desti, e l'ora s'appressava
che 'l cibo ne solëa essere addotto,
e per suo sogno ciascun dubitava;
e io senti' chiavar l'uscio di sotto
a l'orribile torre; ond' io guardai
nel viso a' mie' figliuoi sanza far motto.
Io non piangëa, sí dentro impetrai:
piangevan elli; e Anselmuccio mio
disse: "Tu guardi sí, padre! che hai?".
Perciò non lagrimai né rispuos' io
tutto quel giorno né la notte appresso,
infin che l'altro sol nel mondo uscío.
Come un poco di raggio si fu messo
nel doloroso carcere, e io scorsi
per quattro visi il mio aspetto stesso,
ambo le man per lo dolor mi morsi;
ed ei, pensando ch'io 'l fessi per voglia
di manicar, di súbito levorsi
e disser: "Padre, assai ci fia men doglia
se tu mangi di noi: tu ne vestisti
queste misere carni, e tu le spoglia".
Queta'mi allor per non farli piú tristi;
lo dí e l'altro stemmo tutti muti;
ahi dura terra, perché non t'apristi?
Poscia che fummo al quarto dí venuti,
Gaddo mi si gittò disteso a' piedi,
dicendo: "Padre mio, ché non m'aiuti?".

Quivi morí; e come tu mi vedi,
vid' io cascar li tre ad uno ad uno
tra 'l quinto dí e 'l sesto; ond' io mi diedi,
già cieco, a brancolar sovra ciascuno,
e due dí li chiamai, poi che fur morti.
Poscia, piú che 'l dolor, poté 'l digiuno».
Quand' ebbe detto ciò, con li occhi torti
riprese 'l teschio misero co' denti,
che furo a l'osso, come d'un can, forti.
Ahi Pisa, vituperio de le genti
del bel paese là dove 'l sí suona,
poi che i vicini a te punir son lenti,
muovasi la Capraia e la Gorgona,
e faccian siepe ad Arno in su la foce,
sí ch'elli annieghi in te ogne persona!
Che se 'l conte Ugolino aveva voce
d'aver tradita te de le castella,
non dovei tu i figliuoi porre a tal croce.
Innocenti facea l'età novella,
novella Tebe, Uguiccione e 'l Brigata
e li altri due che 'l canto suso appella.
Noi passammo oltre, là 've la gelata
ruvidamente un'altra gente fascia,
non volta in giú, ma tutta riversata.
Lo pianto stesso lí pianger non lascia,
e 'l duol che truova in su li occhi rintoppo,
si volge in entro a far crescer l'ambascia;
ché le lagrime prime fanno groppo,
e sí come visiere di cristallo,
rïempion sotto 'l ciglio tutto il coppo.
E avvegna che, sí come d'un callo,
per la freddura ciascun sentimento
cessato avesse del mio viso stallo,
già mi parea sentire alquanto vento;
per ch'io: «Maestro mio, questo chi move?
non è qua giú ogne vapore spento ? ».
Ond' elli a me: «Avaccio sarai dove
di ciò ti farà l'occhio la risposta,
veggendo la cagion che 'l fiato piove».
E un de' tristi de la fredda crosta
gridò a noi: «O anime crudeli
tanto che data v'è l'ultima posta,

levatemi dal viso i duri veli
sí ch'ïo sfoghi 'l duol che 'l cor m'impregna,
un poco, pria che 'l pianto si raggeli».

Per ch'io a lui: «Se vuo' ch'i' ti sovvegna,
dimmi chi se', e s'io non ti disbrigo,
al fondo de la ghiaccia ir mi convegna».

Rispuose adunque: «I' son frate Alberigo;
i' son quel da le frutta del mal orto,
che qui riprendo dattero per figo».

«Oh», diss' io lui, «or se' tu ancor morto?».
Ed elli a me: «Come 'l mio corpo stea
nel mondo sú, nulla scïenza porto.

Cotal vantaggio ha questa Tolomea,
che spesse volte l'anima ci cade
innanzi ch'Atropòs mossa le dea.

E perché tu piú volontier mi rade
le 'nvetrïate lagrime dal volto,
sappie che, tosto che l'anima trade

come fec' ïo, il corpo suo l'è tolto
da un demonio, che poscia il governa
mentre che 'l tempo suo tutto sia vòlto.

Ella ruina in sí fatta cisterna;
e forse pare ancor lo corpo suso
de l'ombra che di qua dietro mi verna.

Tu 'l dei saper, se tu vien pur mo giuso:
elli è ser Branca Doria, e son piú anni
poscia passati ch'el fu sí racchiuso».

«Io credo», diss' io lui, «che tu m'inganni;
ché Branca Doria non morí unquanche,
e mangia e bee e dorme e veste panni».

«Nel fosso sú», diss' el, «de' Malebranche,
là dove bolle la tenace pece,
non era ancora giunto Michel Zanche,

che questi lasciò il diavolo in sua vece
nel corpo suo, ed un suo prossimano
che 'l tradimento insieme con lui fece.

Ma distendi oggimai in qua la mano;
aprimi li occhi». E io non gliel' apersi;
e cortesia fu lui esser villano.

Ahi Genovesi, uomini diversi
d'ogne costume e pien d'ogne magagna,
perché non siete voi del mondo spersi?

Ché col peggiore spirto di Romagna
trovai di voi un tal, che per sua opra
in anima in Cocito già si bagna
157 e in corpo par vivo ancor di sopra.

CANTO XXXIV

(Canto XXXIV e ultimo de la prima cantica di Dante Alleghieri di Fiorenza, nel qual canto tratta di Belzebú principe de' dimoni e de' traditori di loro signori, e narra come uscie de l'inferno.)

«*Vexilla regis prodeunt inferni*
verso di noi; però dinanzi mira»,
disse 'l maestro mio, «se tu 'l discerni»
Come quando una grossa nebbia spira,
o quando l'emisperio nostro annotta,
par di lungi un molin che 'l vento gira,
veder mi parve un tal dificio allotta;
poi per lo vento mi ristrinsi retro
al duca mio, ché non lí era altra grotta.
Già era, e con paura il metto in metro,
là dove l'ombre tutte eran coperte,
e trasparien come festuca in vetro.
Altre sono a giacere; altre stanno erte,
quella col capo e quella con le piante;
altra, com' arco, il volto a' piè rinverte.
Quando noi fummo fatti tanto avante,
ch'al mio maestro piacque di mostrarmi
la creatura ch'ebbe il bel sembiante,
d'innanzi mi si tolse e fé restarmi,
«Ecco Dite», dicendo, «ed ecco il loco
ove convien che di fortezza t'armi».
Com' io divenni allor gelato e fioco,
nol dimandar, lettor, ch'i' non lo scrivo,
però ch'ogne parlar sarebbe poco.
Io non mori' e non rimasi vivo;
pensa oggimai per te, s'hai fior d'ingegno
qual io divenni, d'uno e d'altro privo.

Lo 'mperador del doloroso regno
da mezzo 'l petto uscia fuor de la ghiaccia;
e piú con un gigante io mi convegno,

che i giganti non fan con le sue braccia:
vedi oggimai quant' esser dee quel tutto
ch'a cosí fatta parte si confaccia.

S'el fu sí bel com' elli è ora brutto,
e contra 'l suo fattore alzò le ciglia,
ben dee da lui procedere ogne lutto.

Oh quanto parve a me gran maraviglia
quand' io vidi tre facce a la sua testa!
L'una dinanzi, e quella era vermiglia;

l'altr' eran due, che s'aggiugnieno a questa
sovresso 'l mezzo di ciascuna spalla,
e sé giugnieno al loco de la cresta:

e la destra parea tra bianca e gialla;
la sinistra a vedere era tal, quali
vegnon di là onde 'l Nilo s'avvalla.

Sotto ciascuna uscivan due grand' ali,
quanto si convenia a tanto uccello:
vele di mar non vid' io mai cotali.

Non avean penne, ma di vispistrello
era lor modo; e quelle svolazzava,
sí che tre venti si movean da ello:

quindi Cocito tutto s'aggelava.
Con sei occhi piangëa, e per tre menti
gocciava 'l pianto e sanguinosa bava.

Da ogne bocca dirompea co' denti
un peccatore, a guisa di maciulla,
sí che tre ne facea cosí dolenti.

A quel dinanzi il mordere era nulla
verso 'l graffiar, che talvolta la schiena
rimanea de la pelle tutta brulla.

«Quell' anima là sú c'ha maggior pena»,
disse 'l maestro, «è Giuda Scarïotto,
che 'l capo ha dentro e fuor le gambe mena.

De li altri due c'hanno il capo di sotto,
quel che pende dal nero ceffo è Bruto:
vedi come si storce, e non fa motto!;

e l'altro è Cassio, che par sí membruto.
Ma la notte risurge, e oramai
è da partir, ché tutto avem veduto».

Com' a lui piacque, il collo li avvinghiai;
ed el prese di tempo e loco poste,
e quando l'ali fuoro aperte assai,
appigliò sé a le vellute coste;
di vello in vello giú discese poscia
tra 'l folto pelo e le gelate croste.
Quando noi fummo là dove la coscia
si volge, a punto in sul grosso de l'anche,
lo duca, con fatica e con angoscia,
volse la testa ov' elli avea le zanche,
e aggrappossi al pel com' om che sale,
sí che 'n inferno i' credea tornar anche.
«Attienti ben, ché per cotali scale»,
disse 'l maestro, ansando com' uom lasso,
«conviensi dipartir da tanto male».
Poi uscí fuor per lo fóro d'un sasso
e puose me in su l'orlo a sedere;
appresso porse a me l'accorto passo.
Io levai li occhi e credetti vedere
Lucifero com' io l'avea lasciato,
e vidili le gambe in sú tenere;
e s'io divenni allora travagliato,
la gente grossa il pensi, che non vede
qual è quel punto ch'io avea passato.
«Lèvati sú», disse 'l maestro, «in piede:
la via è lunga e 'l cammino è malvagio,
e già il sole a mezza terza riede».
Non era camminata di palagio
là 'v' eravam, ma natural burella
ch'avea mal suolo e di lume disagio.
«Prima ch'io de l'abisso mi divella,
maestro mio», diss' io quando fui dritto,
«a trarmi d'erro un poco mi favella:
ov' è la ghiaccia? e questi com' è fitto
sí sottosopra? e come, in sí poc' ora,
da sera a mane ha fatto il sol tragitto?».
Ed elli a me: «Tu imagini ancora
d'esser di là dal centro, ov' io mi presi
al pel del vermo reo che 'l mondo fóra.
Di là fosti cotanto quant' io scesi;
quand' io mi volsi, tu passasti 'l punto
al qual si traggon d'ogne parte i pesi.

E se' or sotto l'emisperio giunto
ch'è contraposto a quel che la gran secca
coverchia, e sotto 'l cui colmo consunto
fu l'uom che nacque e visse sanza pecca;
tu haï i piedi in su picciola spera
che l'altra faccia fa de la Giudecca.
Qui è da man, quando di là è sera;
e questi, che ne fé scala col pelo,
fitto è ancora sí come prim' era.
Da questa parte cadde giú dal cielo;
e la terra, che pria di qua si sporse,
per paura di lui fé del mar velo,
e venne a l'emisperio nostro; e forse
per fuggir lui lasciò qui loco vòto
quella ch'appar di qua, e sú ricorse».
Luogo è là giú da Belzebú remoto
tanto quanto la tomba si distende,
che non per vista, ma per suono è noto
d'un ruscelletto che quivi discende
per la buca d'un sasso, ch'elli ha roso,
col corso ch'elli avvolge, e poco pende.
Lo duca e io per quel cammino ascoso
intrammo a ritornar nel chiaro mondo;
e sanza cura aver d'alcun riposo
salimmo sú, el primo e io secondo,
tanto ch'i' vidi de le cose belle
che porta 'l ciel, per un pertugio tondo.
E quindi uscimmo a riveder le stelle.

(Explicit prima pars Comedie Dantis Alagherii in qua tractatum est de Inferis)

CANTO II

(Canto secondo, nel quale tratta de la prima qualitade cioè dilettazione di vanitade, nel quale peccato inviluppati sono puniti proprio fuori del purgatorio in uno piano, e in persona di costoro nomina il Casella, uomo di corte.)

Già era 'l sole a l'orizzonte giunto
lo cui meridïan cerchio coverchia
Ierusalèm col suo piú alto punto;
e la notte, che opposita a lui cerchia,
uscia di Gange fuor con le Bilance,
che le caggion di man quando soverchia;
sí che le bianche e le vermiglie guance,
là dov' i' era, de la bella Aurora
per troppa etate divenivan rance.
Noi eravam lunghesso mare ancora,
come gente che pensa a suo cammino
che va col cuore e col corpo dimora.
Ed ecco, qual, sorpreso dal mattino,
per li grossi vapor Marte rosseggia
giú nel ponente sovra 'l suol marino,
cotal m'apparve, s'io ancor lo veggia,
un lume per lo mar venir sí ratto
che 'l muover suo nessun volar pareggia.
Dal qual com' io un poco ebbi ritratto
l'occhio per domandar lo duca mio
rividil piú lucente e maggior fatto.
Poi d'ogne lato ad esso m'appario
un non sapeva che bianco, e di sotto
a poco a poco un altro a lui uscío.
Lo mio maestro ancor non facea motto,
mentre che i primi bianchi apparver ali
allor che ben conobbe il galeotto,

gridò: «Fa, fa che le ginocchia cali.
Ecco l'angel di Dio: piega le mani;
omai vedrai di sí fatti officiali.
Vedi che sdegna li argomenti umani,
sí che remo non vuol, né altro velo
che l'ali sue, tra liti sí lontani.
Vedi come l'ha dritte verso 'l cielo,
trattando l'aere con l'etterne penne,
che non si mutan come mortal pelo».
Poi, come piú e piú verso noi venne
l'uccel divino, piú chiaro appariva:
per che l'occhio da presso nol sostenne,
ma chinail giuso; e quei sen venne a riva
con un vasello snelletto e leggero,
tanto che l'acqua nulla ne 'nghiottiva.
Da poppa stava il celestial nocchiero,
tal che faria beato pur descripto;
e piú di cento spirti entro sediero.
'In exitu Isräel de Aegypto'
cantavan tutti insieme ad una voce
con quanto di quel salmo è poscia scripto.
Poi fece il segno lor di santa croce;
ond' ei si gittar tutti in su la piaggia:
ed el sen gí, come venne, veloce.
La turba che rimase lí, selvaggia
parea del loco, rimirando intorno
come colui che nove cose assaggia.
Da tutte parti saettava il giorno
lo sol, ch'avea con le saette conte
di mezzo 'l ciel cacciato Capricorno,
quando la nova gente alzò la fronte
ver' noi, dicendo a noi: «Se voi sapete,
mostratene la via di gire al monte».
E Virgilio rispuose: «Voi credete
forse che siamo esperti d'esto loco;
ma noi siam peregrin come voi siete.
Dianzi venimmo, innanzi a voi un poco,
per altra via, che fu sí aspra e forte,
che lo salire omai ne parrà gioco».
L'anime, che si fuor di me accorte,
per lo spirare, ch'i' era ancor vivo,
maravigliando diventaro smorte.

E come a messagger che porta ulivo
tragge la gente per udir novelle,
e di calcar nessun si mostra schivo,
cosí al viso mio s'affisar quelle
anime fortunate tutte quante,
quasi oblïando d'ire a farsi belle.
Io vidi una di lor trarresi avante
per abbracciarmi, con sí grande affetto,
che mosse me a far lo somigliante.
Ohi ombre vane, fuor che ne l'aspetto!
tre volte dietro a lei le mani avvinsi,
e tante mi tornai con esse al petto.
Di maraviglia, credo, mi dipinsi;
per che l'ombra sorrise e si ritrasse,
e io, seguendo lei, oltre mi pinsi.
Soavemente disse ch'io posasse;
allor conobbi chi era, e pregai
che, per parlarmi, un poco s'arrestasse.
Rispuosemi: «Cosí com' io t'amai
nel mortal corpo, cosí t'amo sciolta:
però m'arresto; ma tu perché vai?».
«Casella mio, per tornar altra volta
là dov' io son, fo io questo vïaggio»,
diss' io; «ma a te com' è tanta ora tolta?»
Ed elli a me: «Nessun m'è fatto oltraggio,
se quei che leva quando e cui li piace,
piú volte m'ha negato esto passaggio;
che di giusto voler lo suo si face:
veramente da tre mesi elli ha tolto
chi ha voluto intrar, con tutta pace.
Ond' io, ch'era ora a la marina vòlto
dove l'acqua di Tevero s'insala,
benignamente fu' da lui ricolto.
A quella foce ha elli or dritta l'ala,
però che sempre quivi si ricoglie
qual verso Acheronte non si cala».
E io: «Se nuova legge non ti toglie
memoria o uso a l'amoroso canto
che mi solea quetar tutte mie doglie,
di ciò ti piaccia consolare alquanto
l'anima mia, che, con la sua persona
venendo qui, è affannata tanto!».

'Amor che ne la mente mi ragiona'
cominciò elli allor sí dolcemente,
114 che la dolcezza ancor dentro mi suona.
Lo mio maestro e io e quella gente
ch'eran con lui parevan sí contenti,
117 come a nessun toccasse altro la mente.
Noi eravam tutti fissi e attenti
a le sue note; ed ecco il veglio onesto
120 gridando: «Che è ciò, spiriti lenti?
qual negligenza, quale stare è questo?
Correte al monte a spogliarví lo scoglio
123 ch'esser non lascia a voi Dio manifesto».
Come quando, cogliendo biado o loglio,
li colombi adunati a la pastura,
126 queti, sanza mostrar l'usato orgoglio,
se cosa appare ond' elli abbian paura,
subitamente lasciano star l'esca,
129 perch' assaliti son da maggior cura;
cosí vid' io quella masnada fresca
lasciar lo canto, e fuggir ver' la costa,
com' om che va, né sa dove rïesca;
133 né la nostra partita fu men tosta.

CANTO III

(Canto III, nel quale si tratta de la seconda qualitade, cioè di coloro che per cagione d'alcuna violenza che ricevettero, tardaro di qui a la loro fine a pentersi e confessarsi de' loro falli, sí come sono quelli che muoiono in contumacia di Santa Chiesa scomunicati, li quali sono puniti in quel piano. In essempro di cotali peccatori nomina tra costoro il re Manfredi.)

Avvegna che la subitana fuga
dispergesse color per la campagna,
rivolti al Monte ove ragion ne fruga,
i' mi ristrinsi a la fida compagna:
e come sare' io sanza lui corso?
chi m'avria tratto su per la montagna?
El mi parea da sé stesso rimorso:
o dignitosa coscïenza e netta,
come t'è picciol fallo amaro morso!
Quando li piedi suoi lasciar la fretta,
che l'onestade ad ogn' atto dismaga,
la mente mia, che prima era ristretta,
lo 'ntento rallargò, sí come vaga,
e diedi 'l viso mio incontr' al poggio
che 'nverso 'l ciel piú alto si dislaga.
Lo sol, che dietro fiammeggiava roggio,
rotto m'era dinanzi a la figura,
ch'avëa in me de' suoi raggi l'appoggio.
Io mi volsi dallato con paura
d'essere abbandonato, quand' io vidi
solo dinanzi a me la terra oscura;
e 'l mio conforto: «Perché pur diffidi?»,
a dir mi cominciò tutto rivolto;
«non credi tu me teco e ch'io ti guidi?
Vespero è già colà dov' è sepolto
lo corpo dentro al quale io facea ombra;
Napoli l'ha, e da Brandizio è tolto.

Ora, se innanzi a me nulla s'aombra,
non ti maravigliar piú che d'i cieli
che l'uno a l'altro raggio non ingombra
A sofferir tormenti, caldi e geli
simili corpi la Virtú dispone
che, come fa, non vuol ch'a noi si sveli.
Matto è chi spera che nostra ragione
possa trascorrer la infinita via
che tiene una sustanza in tre persone.
State contenti, umana gente, al *quia*;
ché, se potuto aveste veder tutto,
mestier non era parturir Maria;
e disïar vedeste sanza frutto
tai che sarebbe lor disio quetato,
ch'etternalmente è dato lor per lutto:
io dico d'Aristotile e di Plato
e di molt' altri»; e qui chinò la fronte,
e piú non disse, e rimase turbato.
Noi divenimmo intanto a piè del monte;
quivi trovammo la roccia sí erta,
che 'ndarno vi sarien le gambe pronte.
Tra Lerice e Turbía la piú diserta,
la piú rotta ruina è una scala,
verso di quella, agevole e aperta.
«Or chi sa da qual man la costa cala»,
disse 'l maestro mio fermando 'l passo,
«sí che possa salir chi va sanz' ala?».
E mentre ch'e' tenendo 'l viso basso
essaminava del cammin la mente,
e io mirava suso intorno al sasso,
da man sinistra m'apparí una gente
d'anime, che movieno i piè ver' noi,
e non pareva, sí venïan lente.
«Leva», diss' io, «maestro, li occhi tuoi:
ecco di qua chi ne darà consiglio,
se tu da te medesmo aver nol puoi».
Guardò allora, e con libero piglio
rispuose: «Andiamo in là, ch'ei vegnon piano;
e tu ferma la spene, dolce figlio».
Ancora era quel popol di lontano,
i' dico dopo i nostri mille passi,
quanto un buon gittator trarria con mano,

quando si strinser tutti ai duri massi
de l'alta ripa, e stetter fermi e stretti
com' a guardar, chi va dubbiando, stassi.
«O ben finiti, o già spiriti eletti»,
Virgilio incominciò, «per quella pace
ch'i' credo che per voi tutti s'aspetti,
ditene dove la montagna giace,
sí che possibil sia l'andare in suso;
ché perder tempo a chi piú sa piú spiace».
Come le pecorelle escon del chiuso
a una, a due, a tre, e l'altre stanno
timidette atterrando l'occhio e 'l muso;
e ciò che fa la prima, e l'altre fanno,
addossandosi a lei, s'ella s'arresta,
semplici e quete, e lo 'mperché non sanno;
sí vid' io muovere a venir la testa
di quella mandra fortunata allotta,
pudica in faccia e ne l'andare onesta.
Come color dinanzi vider rotta
la luce in terra dal mio destro canto,
sí che l'ombra era da me a la grotta,
restaro, e trasser sé in dietro alquanto,
e tutti li altri che venieno appresso,
non sappiendo 'l perché, fenno altrettanto.
«Sanza vostra domanda io vi confesso
che questo è corpo uman che voi vedete;
per che 'l lume del sole in terra è fesso.
Non vi maravigliate, ma credete
che non sanza virtú che da ciel vegna
cerchi di soverchiar questa parete».
Cosí 'l maestro; e quella gente degna
«Tornate», disse, «intrate innanzi dunque»,
coi dossi de le man faccendo insegna.
E un di loro incominciò: «Chiunque
tu se', cosí andando, volgi 'l viso:
pon mente se di là mi vedesti unque».
Io mi volsi ver' lui e guardail fiso:
biondo era e bello e di gentile aspetto,
ma l'un de' cigli un colpo avea diviso.
Quand' io mi fui umilmente disdetto
d'averlo visto mai, el disse: «Or vedi»;
e mostrommi una piaga a sommo 'l petto.

Poi sorridendo disse: «Io son Manfredi,
nepote di Costanza imperadrice;
ond' io ti priego che, quando tu riedi,
vadi a mia bella figlia, genitrice
de l'onor di Cicilia e d'Aragona,
e dichi 'l vero a lei, s'altro si dice.
Poscia ch'io ebbi rotta la persona
di due punte mortali, io mi rendei,
piangendo, a quei che volontier perdona
Orribil furon li peccati miei;
ma la bontà infinita ha sí gran braccia,
che prende ciò che si rivolge a lei.
Se 'l pastor di Cosenza, che a la caccia
di me fu messo per Clemente allora,
avesse in Dio ben letta questa faccia,
l'ossa del corpo mio sarieno ancora
in co del ponte presso a Benevento,
sotto la guardia de la grave mora.
Or le bagna la pioggia e move il vento
di fuor dal regno, quasi lungo 'l Verde,
dov' e' le trasmutò a lume spento.
Per lor maladizion sí non si perde,
che non possa tornar, l'etterno amore,
mentre che la speranza ha fior del verde.
Vero è che quale in contumacia more
di Santa Chiesa, ancor ch'al fin si penta,
star li convien da questa ripa in fore,
per ognun tempo ch'elli è stato, trenta,
in sua presunzïon, se tal decreto
piú corto per buon prieghi non diventa.
Vedi oggimai se tu mi puoi far lieto,
revelando a la mia buona Costanza
come m'hai visto, e anco esto divieto;
ché qui per quei di là molto s'avanza».

CANTO V

(Canto V, ove si tratta de la terza qualitade, cioè di coloro che per cagione di vendicarsi d'alcuna ingiuria insino a la morte mettono in non calere di riconoscere sé esser peccatori e sodisfare a Dio; de li quali nomina in persona messer Iacopo da Fano e Bonconte di Montefeltro.)

Io era già da quell' ombre partito,
e seguitava l'orme del mio duca,
quando di retro a me, drizzando 'l dito,
una gridò: «Ve' che non par che luca
lo raggio da sinistra a quel di sotto,
e come vivo par che si conduca! ».
Li occhi rivolsi al suon di questo motto,
e vidile guardar per maraviglia
pur me, pur me, e 'l lume ch'era rotto.
«Perché l'animo tuo tanto s'impiglia»,
disse 'l maestro, «che l'andare allenti?
che ti fa ciò che quivi si pispiglia?
Vien dietro a me, e lascia dir le genti:
sta come torre ferma, che non crolla
già mai la cima per soffiar di venti;
ché sempre l'omo in cui pensier rampolla
sovra pensier, da sé dilunga il segno,
perché la foga l'un de l'altro insolla».
Che potea io ridir, se non «Io vegno»?
Dissilo, alquanto del color consperso;
che fa l'uom di perdon talvolta degno.
E 'ntanto per la costa di traverso
venivan genti innanzi a noi un poco,
cantando *'Miserere'* a verso a verso.
Quando s'accorser ch'i' non dava loco
per lo mio corpo al trapassar d'i raggi,
mutar lor canto in un «oh!» lungo e roco;

e due di loro, in forma di messaggi,
corsero incontr' a noi e dimandarne:
«Di vostra condizion fatene saggi».
E 'l mio maestro: «Voi potete andarne
e ritrarre a color che vi mandaro
che 'l corpo di costui è vera carne.
Se per veder la sua ombra restaro,
com' io avviso, assai è lor risposto:
fàccianli onore, ed esser può lor caro ».
Vapori accesi non vid' io sí tosto
di prima notte mai fender sereno,
né, sol calando, nuvole d'agosto,
che color non tornasser suso in meno;
e, giunti là, con li altri a noi dier volta,
come schiera che scorre sanza freno.
«Questa gente che preme a noi è molta,
e vegnonti a pregar», disse 'l poeta:
«però pur va, e in andando ascolta».
«O anima che vai per esser lieta
con quelle membra con le quai nascesti»,
venian gridando, «un poco il passo queta.
Guarda s'alcun di noi unqua vedesti,
sí che di lui di là novella porti:
deh, perché vai? deh, perché non t'arresti?
Noi fummo tutti già per forza morti,
e peccatori infino a l'ultima ora;
quivi lume del ciel ne fece accorti,
sí che, pentendo e perdonando, fora
di vita uscimmo a Dio pacificati,
che del disio di sé veder n'accora».
E io: «Perché ne' vostri visi guati,
non riconosco alcun; ma s'a voi piace
cosa ch'io possa, spiriti ben nati,
voi dite, e io farò per quella pace
che, dietro a' piedi di sí fatta guida,
di mondo in mondo cercar mi si face».
E uno incominciò: «Ciascun si fida
del beneficio tuo sanza giurarlo,
pur che 'l voler nonpossa non ricida.
Ond' io, che solo innanzi a li altri parlo,
ti priego, se mai vedi quel paese
che siede tra Romagna e quel di Carlo,

che tu mi sie di tuoi prieghi cortese
in Fano, sí che ben per me s'adori
pur ch'i' possa purgar le gravi offese.
Quindi fu' io; ma li profondi fóri
ond' uscí 'l sangue in sul quale io sedea,
fatti mi fuoro in grembo a li Antenori,
là dov' io piú sicuro esser credea:
quel da Esti il fé far, che m'avea in ira
assai piú là che dritto non volea.
Ma s'io fosse fuggito inver' la Mira,
quando fu' sovragiunto ad Orïaco,
ancor sarei di là dove si spira.
Corsi al palude, e le cannucce e 'l braco
m'impigliar sí ch'i' caddi; e lí vid' io
de le mie vene farsi in terra laco».
Poi disse un altro: «Deh, se quel disio
si compia che ti tragge a l'alto monte,
con buona pïetate aiuta il mio!
Io fui di Montefeltro, io son Bonconte;
Giovanna o altri non ha di me cura;
per ch'io vo tra costor con bassa fronte».
E io a lui: «Qual forza o qual ventura
ti travïò sí fuor di Campaldino,
che non si seppe mai tua sepultura?».
«Oh!», rispuos' elli, «a piè del Casentino
traversa un'acqua c'ha nome l'Archiano,
che sovra l'Ermo nasce in Apennino.
Là 've 'l vocabol suo diventa vano,
arriva' io forato ne la gola,
fuggendo a piede e sanguinando il piano.
Quivi perdei la vista e la parola;
nel nome di Maria fini', e quivi
caddi, e rimase la mia carne sola.
Io dirò vero, e tu 'l ridí tra ' vivi:
l'angel di Dio mi prese, e quel d'inferno
gridava: "O tu del ciel, perché mi privi?
Tu te ne porti di costui l'etterno
per una lagrimetta che 'l mi toglie;
ma io farò de l'altro altro governo! ".
Ben sai come ne l'aere si raccoglie
quell' umido vapor che in acqua riede,
tosto che sale dove 'l freddo il coglie

Giunse quel mal voler che pur mal chiede
con lo 'ntelletto, e mosse il fummo e 'l vento
per la virtú che sua natura diede.
Indi la valle, come 'l dí fu spento,
da Pratomagno al gran giogo coperse
di nebbia; e 'l ciel di sopra fece intento,
sí che 'l pregno aere in acqua si converse;
la pioggia cadde, e a' fossati venne
di lei ciò che la terra non sofferse;
e come ai rivi grandi si convenne,
ver' lo fiume real tanto veloce
si ruinò, che nulla la ritenne.
Lo corpo mio gelato in su la foce
trovò l'Archian rubesto; e quel sospinse
ne l'Arno, e sciolse al mio petto la croce
ch'i' fe' di me quando 'l dolor mi vinse;
voltòmmi per le ripe e per lo fondo,
poi di sua preda mi coperse e cinse».
«Deh, quando tu sarai tornato al mondo
e riposato de la lunga via»,
seguitò 'l terzo spirito al secondo,
« ricorditi di me, che son la Pia;
Siena mi fé, disfecemi Maremma:
salsi colui che 'nnanellata pria
disposando m'avea con la sua gemma».

CANTO XXX

(Canto XXX, dove narra come Beatrice apparve a Dante e Virgilio il lasciò, e lo recitare per l'alta donna de la incostanza e difetto di Dante, e qui l'auttore piange i suoi difetti con vergogna compuntiva.)

Quando il settentrïon del primo cielo,
che né occaso mai seppe né orto
né d'altra nebbia che di colpa velo,
e che faceva lí ciascuno accorto
di suo dover, come 'l piú basso face
qual temon gira per venire a porto,
fermo s'affisse: la gente verace,
venuta prima tra 'l grifone ed esso,
al carro volse sé come a sua pace;
e un di loro, quasi da ciel messo,
'Veni, sponsa, de Libano' cantando
gridò tre volte, e tutti li altri appresso
Quali i beati al novissimo bando
surgeran presti ognun di sua caverna,
la revestita voce alleluiando,
cotali in su la divina basterna
si levar cento, *ad vocem tanti senis* ,
ministri e messaggier di vita etterna.
Tutti dicean: *'Benedictus qui venis!'*,
e fior gittando e di sopra e dintorno,
'Manibus, oh, *date lilïa plenis!'*.
Io vidi già nel cominciar del giorno
la parte orïental tutta rosata,
e l'altro ciel di bel sereno addorno;
e la faccia del sol nascere ombrata,
sí che per temperanza di vapori
l'occhio la sostenea lunga fïata:

cosí dentro una nuvola di fiori
che da le mani angeliche saliva
e ricadeva in giú dentro e di fori,
sovra candido vel cinta d'uliva
donna m'apparve, sotto verde manto
vestita di color di fiamma viva.
E lo spirito mio, che già cotanto
tempo era stato ch'a la sua presenza
non era di stupor, tremando, affranto,
sanza de li occhi aver piú conoscenza,
per occulta virtú che da lei mosse,
d'antico amor sentí la gran potenza.
Tosto che ne la vista mi percosse
l'alta virtú che già m'avea trafitto
prima ch'io fuor di püerizia fosse,
volsimi a la sinistra col respitto
col quale il fantolin corre a la mamma
quando ha paura o quando elli è afflitto,
per dicere a Virgilio: 'Men che dramma
di sangue m'è rimaso che non tremi:
conosco i segni de l'antica fiamma'.
Ma Virgilio n'avea lasciati scemi
di sé, Virgilio dolcissimo patre,
Virgilio a cui per mia salute die'mi;
né quantunque perdeo l'antica matre,
valse a le guance nette di rugiada
che, lagrimando, non tornasser atre.
«Dante, perché Virgilio se ne vada,
non pianger anco, non piangere ancora;
ché pianger ti conven per altra spada».
Quasi ammiraglio che in poppa e in prora
viene a veder la gente che ministra
per li altri legni, e a ben far l'incora;
in su la sponda del carro sinistra,
quando mi volsi al suon del nome mio,
che di necessità qui si registra,
vidi la donna che pria m'appario
velata sotto l'angelica festa,
drizzar li occhi ver' me di qua dal rio.
Tutto che 'l vel che le scendea di testa,
cerchiato de le fronde di Minerva,
non la lasciasse parer manifesta,

regalmente ne l'atto ancor proterva
continüò come colui che dice
e 'l piú caldo parlar dietro reserva:
«Guardaci ben! Ben son, ben son Beatrice.
Come degnasti d'accedere al monte?
non sapei tu che qui è l'uom felice?».
Li occhi mi cadder giú nel chiaro fonte;
ma veggendomi in esso, i trassi a l'erba,
tanta vergogna mi gravò la fronte.
Cosí la madre al figlio par superba,
com' ella parve a me; perché d'amaro
sente il sapor de la pietade acerba.
Ella si tacque; e li angeli cantaro
di súbito *'In te, Domine, speravi';*
ma oltre *'pedes meos'* non passaro.
Sí come neve tra le vive travi
per lo dosso d'Italia si congela,
soffiata e stretta da li venti schiavi,
poi, liquefatta, in sé stessa trapela,
pur che la terra che perde ombra spiri,
sí che par foco fonder la candela;
cosí fui sanza lagrime e sospiri
anzi 'l cantar di quei che notan sempre
dietro a le note de li etterni giri;
ma poi che 'ntesi ne le dolci tempre
lor compartire a me, par che se detto
avesser: 'Donna, perché sí lo stempre?',
lo gel che m'era intorno al cor ristretto,
spirito e acqua fessi, e con angoscia
de la bocca e de li occhi uscí del petto.
Ella, pur ferma in su la detta coscia
del carro stando, a le sustanze pie
volse le sue parole cosí poscia:
«Voi vigilate ne l'etterno die,
sí che notte né sonno a voi non fura
passo che faccia il secol per sue vie;
onde la mia risposta è con piú cura
che m'intenda colui che di là piagne,
perché sia colpa e duol d'una misura.
Non pur per ovra de le rote magne,
che drizzan ciascun seme ad alcun fine
secondo che le stelle son compagne,

ma per larghezza di grazie divine,
che sí alti vapori hanno a lor piova,
che nostre viste là non van vicine,
questi fu tal ne la sua vita nova
virtüalmente, ch'ogne abito destro
fatto averebbe in lui mirabil prova.
Ma tanto piú maligno e piú silvestro
si fa 'l terren col mal seme e non cólto,
quant' elli ha piú di buon vigor terrestro.
Alcun tempo il sostenni col mio volto:
mostrando li occhi giovanetti a lui,
meco il menava in dritta parte vòlto.
Sí tosto come in su la soglia fui
di mia seconda etade e mutai vita,
questi si tolse a me, e diessi altrui.
Quando di carne a spirto era salita,
e bellezza e virtú cresciuta m'era,
fu' io a lui men cara e men gradita;
e volse i passi suoi per via non vera,
imagini di ben seguendo false,
che nulla promession rendono intera.
Né l'impetrare ispirazion mi valse,
con le quali e in sogno e altrimenti
lo rivocai: sí poco a lui ne calse!
Tanto giú cadde, che tutti argomenti
a la salute sua eran già corti,
fuor che mostrarli le perdute genti.
Per questo visitai l'uscio d'i morti,
e a colui che l'ha qua sú condotto,
li preghi miei, piangendo, furon porti.
Alto fato di Dio sarebbe rotto,
se Letè si passasse e tal vivanda
fosse gustata sanza alcuno scotto
di pentimento che lagrime spanda».

CANTO III

(Canto terzo, nel quale si tratta di quello medesimo cielo de la Luna e di certi spiriti che appariro in esso; e solve qui una questione: cioè se li spiriti che sono in cielo di sotto vorrebbero esser piú sú ch'elli siano.)

Quel sol che pria d'amor mi scaldò 'l petto,
di bella verità m'avea scoverto,
provando e riprovando, il dolce aspetto;
e io, per confessar corretto e certo
me stesso, tanto quanto si convenne
leva' il capo a proferer piú erto;
ma visïone apparve che ritenne
a sé me tanto stretto, per vedersi,
che di mia confession non mi sovvenne.
Quali per vetri trasparenti e tersi,
o ver per acque nitide e tranquille,
non sí profonde che i fondi sien persi,
tornan d'i nostri visi le postille
debili sí, che perla in bianca fronte
non vien men forte a le nostre pupille;
tali vid' io piú facce a parlar pronte;
per ch'io dentro a l'error contrario corsi
a quel ch'accese amor tra l'omo e 'l fonte.
Súbito sí com' io di lor m'accorsi,
quelle stimando specchiati sembianti,
per veder di cui fosser, li occhi torsi;
e nulla vidi, e ritorsili avanti
dritti nel lume de la dolce guida,
che, sorridendo, ardea ne li occhi santi.
«Non ti maravigliar perch' io sorrida»,
mi disse, «appresso il tuo püeril coto,
poi sopra 'l vero ancor lo piè non fida,

ma te rivolve, come suole, a vòto:
vere sustanze son ciò che tu vedi,
qui rilegate per manco di voto.
Però parla con esse e odi e credi;
ché la verace luce che le appaga
da sé non lascia lor torcer li piedi».
E io a l'ombra che parea piú vaga
di ragionar, drizza'mi, e cominciai,
quasi com' uom cui troppa voglia smaga:
«O ben creato spirito, che a' rai
di vita etterna la dolcezza senti
che, non gustata, non s'intende mai,
grazïoso mi fia se mi contenti
del nome tuo e de la vostra sorte».
Ond' ella, pronta e con occhi ridenti:
«La nostra carità non serra porte
a giusta voglia, se non come quella
che vuol simile a sé tutta sua corte.
I' fui nel mondo vergine sorella;
e se la mente tua ben sé riguarda,
non mi ti celerà l'esser piú bella,
ma riconoscerai ch'i' son Piccarda,
che, posta qui con questi altri beati,
beata sono in la spera piú tarda.
Li nostri affetti, che solo infiammati
son nel piacer de lo Spirito Santo,
letizian del suo ordine formati.
E questa sorte che par giú cotanto,
però n'è data, perché fuor negletti
li nostri voti, e vòti in alcun canto».
Ond' io a lei: «Ne' mirabili aspetti
vostri risplende non so che divino
che vi trasmuta da' primi concetti:
però non fui a rimembrar festino;
ma or m'aiuta ciò che tu mi dici,
sí che raffigurar m'è piú latino.
Ma dimmi: voi che siete qui felici,
disiderate voi piú alto loco
per piú vedere e per piú farvi amici?».
Con quelle altr' ombre pria sorrise un poco;
da indi mi rispuose tanto lieta,
ch'arder parea d'amor nel primo foco:

«Frate, la nostra volontà quïeta
virtú di carità, che fa volerne
sol quel ch'avemo, e d'altro non ci asseta.
Se disïassimo esser più superne,
foran discordi li nostri disiri
dal voler di colui che qui ne cerne;
che vedrai non capere in questi giri,
s'essere in carità è qui *necesse,*
e se la sua natura ben rimiri.
Anzi è formale ad esto beato *esse*
tenersi dentro a la divina voglia,
per ch'una fansi nostre voglie stesse;
sí che, come noi sem di soglia in soglia
per questo regno, a tutto il regno piace
com' a lo re che 'n suo voler ne 'nvoglia.
E 'n la sua volontade è nostra pace:
ell' è quel mare al qual tutto si move
ciò ch'ella crïa o che natura face».
Chiaro mi fu allor come ogne dove
in cielo è paradiso, *etsi* la grazia
del sommo ben d'un modo non vi piove.
Ma sí com' elli avvien, s'un cibo sazia
e d'un altro rimane ancor la gola,
che quel si chere e di quel si ringrazia,
cosí fec' io con atto e con parola,
per apprender da lei qual fu la tela
onde non trasse infino a co la spuola.
«Perfetta vita e alto merto inciela
donna piú sú», mi disse, «a la cui norma
nel vostro mondo giú si veste e vela,
perché fino al morir si vegghi e dorma
con quello sposo ch'ogne voto accetta
che caritate a suo piacer conforma.
Dal mondo, per seguirla, giovinetta
fuggi'mi, e nel suo abito mi chiusi
e promisi la via de la sua setta.
Uomini poi, a mal piú ch'a bene usi,
fuor mi rapiron de la dolce chiostra:
Iddio si sa qual poi mia vita fusi.
E quest' altro splendor che ti si mostra
da la mia destra parte e che s'accende
di tutto il lume de la spera nostra,

ciò ch'io dico di me, di sé intende;
sorella fu, e cosí le fu tolta
di capo l'ombra de le sacre bende.
Ma poi che pur al mondo fu rivolta
contra suo grado e contra buona usanza,
non fu dal vel del cor già mai disciolta.
Quest' è la luce de la gran Costanza
che del secondo vento di Soave
generò 'l terzo e l'ultima possanza».
Cosí parlommi, e poi cominciò '*Ave,*
Maria' cantando, e cantando vanio
come per acqua cupa cosa grave.
La vista mia, che tanto lei seguio
quanto possibil fu, poi che la perse,
volsesi al segno di maggior disio,
e a Beatrice tutta si converse;
ma quella folgorò nel mïo sguardo
sí che da prima il viso non sofferse;
e ciò mi fece a dimandar piú tardo.

CANTO XXXIII

(Canto XXXIII, il quale è l'ultimo de la terza cantica e ultima; nel quale canto santo Bernardo in figura de l'auttore fa una orazione a la Vergine Maria, pregandola che sé e la Divina Maestade si lasci vedere visibilemente.)

«Vergine Madre, figlia del tuo figlio,
umile e alta piú che creatura,
termine fisso d'etterno consiglio,
tu se' colei che l'umana natura
nobilitasti sí, che 'l suo fattore
non disdegnò di farsi sua fattura.
Nel ventre tuo si raccese l'amore,
per lo cui caldo ne l'etterna pace
cosí è germinato questo fiore.
Qui se' a noi meridïana face
di caritate, e giuso, intra ' mortali,
se' di speranza fontana vivace.
Donna, se' tanto grande e tanto vali,
che qual vuol grazia e a te non ricorre
sua disïanza vuol volar sanz' ali.
La tua benignità non pur soccorre
a chi domanda, ma molte fïate
liberamente al dimandar precorre.
In te misericordia, in te pietate,
in te magnificenza, in te s'aduna
quantunque in creatura è di bontate.
Or questi, che da l'infima lacuna
de l'universo infin qui ha vedute
le vite spiritali ad una ad una.
supplica a te, per grazia, di virtute
tanto, che possa con li occhi levarsi
piú alto verso l'ultima salute.

E io, che mai per mio veder non arsi
piú ch'i' fo per lo suo, tutti miei prieghi
ti porgo, e priego che non sieno scarsi,
perché tu ogne nube li disleghi
di sua mortalità co' prieghi tuoi,
sí che 'l sommo piacer li si dispieghi.
Ancor ti priego, regina, che puoi
ciò che tu vuoli, che conservi sani,
dopo tanto veder, li affetti suoi.
Vinca tua guardia i movimenti umani:
vedi Beatrice con quanti beati
per li miei prieghi ti chiudon le mani! ».
Li occhi da Dio diletti e venerati,
fissi ne l'orator, ne dimostraro
quanto i devoti prieghi le son grati;
indi a l'etterno lume s'addrizzaro,
nel qual non si dee creder che s'invii
per creatura l'occhio tanto chiaro.
E io ch'al fine di tutt' i disii
appropinquava, sí com' io dovea,
l'ardor del desiderio in me finii.
Bernardo m'accennava, e sorridea,
perch' io guardassi suso; ma io era
già per me stesso tal qual ei volea:
ché la mia vista, venendo sincera,
e piú e piú intrava per lo raggio
de l'alta luce che da sé è vera.
Da quinci innanzi il mio veder fu maggio
che 'l parlar mostra, ch'a tal vista cede,
e cede la memoria a tanto oltraggio.
Qual è colüi che sognando vede,
che dopo 'l sogno la passione impressa
rimane, e l'altro a la mente non riede,
cotal son io, ché quasi tutta cessa
mia visïone, e ancor mi distilla
nel core il dolce che nacque da essa.
Cosí la neve al sol si disigilla;
cosí al vento ne le foglie levi
si perdea la sentenza dí Sibilla.
O somma luce che tanto ti levi
da' concetti mortali, a la mia mente
ripresta un poco di quel che parevi,

e fa la lingua mia tanto possente,
ch'una favilla sol de la tua gloria
possa lasciare a la futura gente;
ché, per tornare alquanto a mia memoria
e per sonare un poco in questi versi,
piú si conceperà di tua vittoria.
Io credo, per l'acume ch'io soffersi
del vivo raggio, ch'i' sarei smarrito,
se li occhi miei da lui fossero aversi.
E' mi ricorda ch'io fui piú ardito
per questo a sostener, tanto ch'i' giunsi
l'aspetto mio col valore infinito.
Oh abbondante grazia ond' io presunsi
ficcar lo viso per la luce etterna,
tanto che la veduta vi consunsi!
Nel suo profondo vidi che s'interna,
legato con amore in un volume,
ciò che per l'universo si squaderna:
sustanze e accidenti e lor costume
quasi conflati insieme, per tal modo
che ciò ch'i' dico è un semplice lume.
La forma universal di questo nodo
credo ch'i' vidi, perché piú di largo,
dicendo questo, mi sento ch'i' godo.
Un punto solo m'è maggior letargo
che venticinque secoli a la 'mpresa
che fé Nettuno ammirar l'ombra d'Argo.
Cosí la mente mia, tutta sospesa,
mirava fissa, immobile e attenta,
e sempre di mirar faceasi accesa.
A quella luce cotal si diventa,
che volgersi da lei per altro aspetto
è impossibil che mai si consenta;
però che 'l ben, ch'è del volere obietto,
tutto s'accoglie in lei, e fuor di quella
è defettivo ciò ch'è lí perfetto.
Omai sarà piú corta mia favella,
pur a quel ch'io ricordo, che d'un fante
che bagni ancor la lingua a la mammella.
Non perché piú ch'un semplice sembiante
fosse nel vivo lume ch'io mirava,
che tal è sempre qual s'era davante;

ma per la vista che s'avvalorava
in me guardando, una sola parvenza,
mutandom' io, a me si travagliava.
Ne la profonda e chiara sussistenza
de l'alto lume parvermi tre giri
di tre colori e d'una contenenza;
e l'un da l'altro come iri da iri
parea reflesso, e 'l terzo parea foco
che quinci e quindi igualmente si spiri.
Oh quanto è corto il dire e come fioco
al mio concetto! e questo, a quel ch'i' vidi,
è tanto, che non basta a dicer 'poco'.
O luce etterna che sola in te sidi,
sola t'intendi, e da te intelletta
e intendente te ami e arridi!
Quella circulazion che sí concetta
pareva in te come lume reflesso,
da li occhi miei alquanto circunspetta,
dentro da sé, del suo colore stesso,
mi parve pinta de la nostra effige:
per che 'l mio viso in lei tutto era messo.
Qual è 'l geomètra che tutto s'affige
per misurar lo cerchio, e non ritrova,
pensando, quel principio ond' elli indige,
tal era io a quella vista nova:
veder voleva come si convenne
l'imago al cerchio e come vi s'indova;
ma non eran da ciò le proprie penne:
se non che la mia mente fu percossa
da un fulgore in che sua voglia venne.
A l'alta fantasia qui mancò possa;
ma già volgeva il mio disio e 'l *velle*,
sí come rota ch'igualmente è mossa,
l'amor che move il sole e l'altre stelle.

(*Explicit liber Comedie
Dantis Alagherii de Florentia*)

INDICE

INDICE

INDICE

Racconto fotografico di
DILETTA D'ANDREA

Viaggio nella Parola

Immagini di sguardi, gesti,
voci, suoni e silenzi

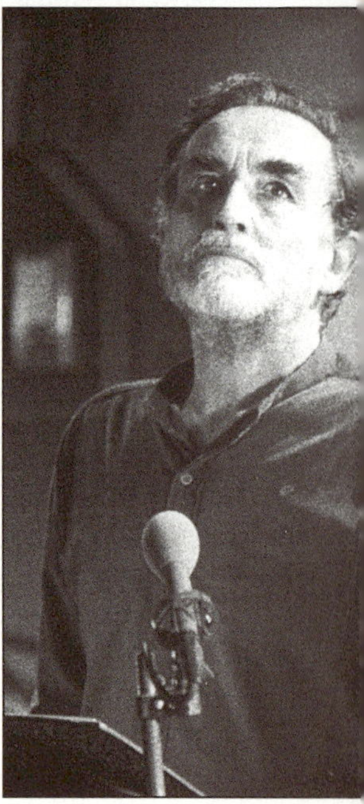

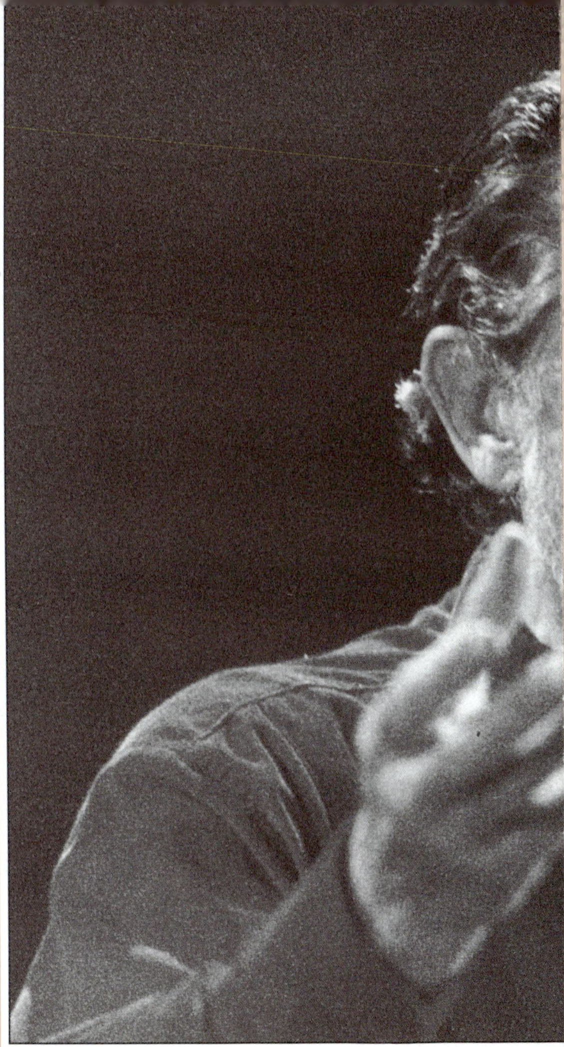